Verzeichniss

der

hinterlassenen werthvollen Bibliothek

des

Herrn Dr. ph. Hermann Lotze

Privatgelehrten zu Leipzig

welche

am 22. Mai 1876

in

T. O. Weigel's Auctions-Lokal in Leipzig

Königsstrasse 1

gegen baare Zahlung versteigert werden soll.

Leipzig,
T. O. Weigel,
1876.

VORWORT.

Dankbare Verehrung des am 27. April v. J. verstorbenen Besitzers der hier verzeichneten Büchersamlung bestimmt mich, Forscher und Kenner zu mehr als gewöhnlicher Beachtung derselben aufzufordern.

Bald nach meiner Zurückberufung nach Leipzig im Jahre 1867 gewann mir *Dr.* Hermann Lotze Bewunderung und Liebe ab. Einen erstaunlichen Umfang des Wissens fand ich in ihm mit kindlicher Anspruchslosigkeit gepaart. Mit Correcturen und andern literarischen Hilfleistungen sich seinen Unterhalt verdienend, verzichtete er auch auf die unschuldigsten Lebenserheiterungen, um alles was er erübrigen konnte auf Anschaffung von Büchern zu verwenden. Und weit entfernt von der Unmittheilsamkeit oder doch Peinlichkeit im Ausleihen, wie sie Bibliomanen eigen zu sein pflegt, gab er alles was er besass, auch das Kostbarste, willig, ja freudig her, nichts verhehlend, nichts zurückverlangend — seine Liebe zu den Menschen, die alles glaubende, hoffende, duldende, war noch grösser als seine Liebe zu seinen Lieblingen, den Büchern, denen er alles, auch seine Zukunft, opferte; denn wenn die Aussicht auf eine Berufung nach auswärts an ihn herantrat, ging sie ihm in dem Gedanken der Schwierigkeit unter, diese kolossale Bibliothek mit sich in Bewegung zu setzen.

Seine Wissbegier kannte keine Schranken. Als er mich zum ersten Mal besuchte, freute er sich der Erinnerung, in eben diesem Zimmer von Brockhaus im Sanscrit unterrichtet worden zu sein — er, der in den moslemischen Sprachen durch Fleischer's Schule hindurchgegangene, meldete sich zu meinen Vorlesungen über Kimchi's *Michlol* — natürlich war es die *ed. princeps*, No. 531 dieses Catalogs, die er dahin mitbrachte — und bei meinem Gegenbesuch fand ich auf seinem Studiertisch allerlei

Quellenschriften und Hilfsmittel für das Kirchenslavische (S. 160 ff.) aufgeschichtet, dem er sich gleichzeitig mit Vorliebe hingab. Eben dieser stille Mann, welcher absolut nichts aus sich machte, war in allen Ecken und Enden der jüdischen Literatur heimisch. Durchreisende jüdische Bücherhändler hatten an ihm ihren besten Kunden. Neben ältesten Ausgaben aus den Officinen der Soncinaten (No. 530. 681) und Bomberge (No. 682. 830. 1447) verfügte er nicht minder über die besten neueren Mischna- und Talmudausgaben (S. 22. 27), die verschiedensten rabbinischen Bibelwerke (S. 10—12), den alten und neuen Druck der Talmud-Encyclopädie von Lampronti (No. 564. 565), kostspielige Cataloge wie der Bodlejana von Steinschneider (No. 1569) — diese Welt alter und neuer Bücherschätze aller Sprachen war das Heim, welches der Einsame aus dem Erwerb rastloser, grossentheils nächtlicher Arbeit sich aufbaute und schliesslich mit Gesundheit und Leben bezahlte.

Zu eigenen schriftlichen Arbeiten seine Bibliothek auszunutzen machte ihm die ruhelose harte Frohne unmöglich, durch die er sich die Mittel des Lebensunterhalts und der Bücheranschaffung erschwang. Viele Jahre hindurch, bis seine Augen zu versagen begannen, war er Tischendorfs treubewährter Corrector, für den er auch jene altarabische Uebersetzung des Buches Hiob abschriftlich facsimilirte, welche 1870 Graf Baudissin herausgab. Er selbst veröffentlichte nichts als im Jahre 1867 ein Antwerpener Itinerar einer Palästina-Reise und eine alte wendische Uebersetzung des Jacobusbriefes, aber wie meisterhaft er grosse Aufgaben zu bewältigen und interessant zu formen verstand, zeigte sein Aufsatz „Zur jüdisch-deutschen Literatur" in Gosche's Archiv 1870. Die hierin niedergelegte Literaturkenntniss, die sich von den mittelalterlichen jüdisch-deutschen Volksbüchern im Nibelungen-Versmass bis auf die jetzt in Polen wuchernde jüdisch-deutsche Novellistik erstreckt, ist erstaunlich. Wie er hier aus dem Vollen schöpfte, zeigen die auf S. 29 verzeichneten Convolute. Eine solche Masse jüdisch-deutscher Schriften, wie sie da haufenweise zusammengeschichtet sind, findet sich in keiner der deutschen Bibliotheken.

Mir selbst leistete diese Bibliothek des Freundes gelegentlich willkommene Dienste. Von den Schriften Tschelebi's und Algazi's über שׁ und שׂ bot sie mir (siehe Sprüche S. 510) und Mühlau (*Agur et Lemuel* p. 69) zwar nicht die ersten Ausgaben (Constantinopel 1723 und Smyrna 1675), aber neben den zweiten Ausgaben die Handschrift No. 1776. Bei Bearbeitung der salomonischen Sprüche entnahm ich ihr den an Werth einer Handschrift gleichen Commentar von Immanuel Romi (Neapel 1487 No. 493), dem Freunde Dante's. Ueber eine Schrift gegen das Christenthum von Don David Nasi auf Candia habe ich in meinem hebr. Römerbrief S. 122 berichtet. Dieses Autograph verbirgt sich in dem unter No. 7203 nachträglich aufgeführten Convolute.

Die Handschriften sind übrigens nach Massgabe der vergönnten Zeit möglichst genau bezeichnet. Herr *Dr.* Joseph Schmilg aus Keidany (Russland), dem der hebräische Theil aufgegeben war, konnte freilich einzelnen titellosen Handschriften, zumal in orientalischem Cursiv geschriebenen wie No. 1677, keine langen Studien widmen. Und ein allen Anforderungen der Wissenschaft genügender Catalog hätte das Zusammenwirken mehrerer Specialisten, z. B. eines solchen im Rumänsch (Rhäto-Romanischen), erfordert. Den gegebenen Winken nachgehend werden Kennerblick und Spürsinn viele Seltenheiten und nicht wenig Unica entdecken.

Bald wird was der Freund gesammelt in alle Winde zerstreut sein. Dieses Vorwort aber gibt allen Käufern das Bild des Verstorbenen mit, welches ihren Antheil an seiner Hinterlassenschaft zu einem weihevollen Andenken macht — die hier verzeichneten Bücher waren die einzige irdische Freude eines „Asceten der Wissenschaft" und, was noch mehr sagt, eines edlen Menschen, welcher wie lebend so auch nach seinem Tode sich freuen wird, damit Anderen dienen zu können.

Leipzig, am 15. März 1876.

Professor **Franz Delitzsch.**

Auctionsbedingungen.

Die Versteigerung geschieht gegen baare Zahlung unter Zurechnung eines von den Käufern zu tragenden Aufgelds von 5 Procent zu den Erstehungspreisen.

Meine Auctionen werden *nicht* aufgeschoben, es wird deshalb gebeten die Aufträge einige Tage vor Anfang der Auction portofrei einzusenden und zur Vermeidung von Irrthum nicht allein Seitenzahl und Nummer, sondern auch die Anfangsworte jedes Titels zu bemerken.

Die Bücher sind sämmtlich gut erhalten, wenn nicht das Gegentheil bemerkt ist. Sollten sich wider Vermuthen Defekte finden, oder sollten sich die Angaben des Kataloges bei einem oder dem andern Buche als irrthümlich herausstellen, so werden

☛ **begründete Reclamationen bis zur Zeit von 6 Wochen nach Schluss der Auction gewissenhaft beachtet, das Fehlende ergänzt, oder die Bücher zurückgenommen. Jede nach jenem Termin eingehende Reclamation oder Remission muss dagegen ohne alle Berücksichtigung bleiben und kann von dieser Regel unter keiner Bedingung eine Ausnahme gemacht werden; zur Vermeidung aller Weitläufigkeiten wird auf diesen Punkt ganz besonders aufmerksam gemacht.**

Alle Bücher, bei denen kein bestimmter Einband angegeben ist, sind broschirt, und diejenigen, bei denen die Angabe des Formats fehlt, in Octav.

Auctionsbücher erfordern selbstverständlich sofortige baare Zahlung und kann darauf in keiner Weise Credit gewährt werden. Alle Nachtheile, welche daraus entspringen, wenn das Erstandene nicht *sofort* abgenommen und baar eingelöst wird, fallen allein dem Besteller zur Last.

T. O. Weigel,
Buchhändler in Leipzig
Königsstrasse 1.

Inhaltsverzeichniss.

Allgemeine und vergleichende Sprachwissenschaft. Polyglotten.

1 **A.B.C. Buch**, neu eröffnetes, in 100 Sprachen bestehendes. Lpz. 1743. 160 S.
2 **Adelung**, Fr., Catherinens d. Grossen Verdienste um d. vergleichende Sprachenkunde. 4. St. Petersb. 1815. Pp. (9 M.) Unbed. wasserfl.
3 — Bibliotheca J. Chr. Adelungii ad omnium fere linguarum literaturae, geographiae etc. genus spect. Dresd. 1807. Pp. 253 pp. Auctionskat.
4 — u. **J. S. Vater**, Mithridates od. allgem. Sprachenkunde m. d. Vater Unser als Sprachprobe in beynahe 500 Sprachen u. Mundarten. 4 Thle. gr.-8. Berl. 1806/17. Hfrz. (53 M.)
5 **Archiv**, allgem., für Ethnographie u. Linguistic. Hrsg. v. Bertuch u. Vater. I. Bd. Weimar 1808. Hlwd.
6 **Archiv** f. d. Studium d. neueren Sprachen u. Literaturen, unter besond. Mitwirkg. v. R. Hiecke u. H. Viehoff hrsg. v. S. Herrig. Jahrg. 1852, 1853 I. Sem., 1858, II. — 1862. gr.-8. Brnschw. Hlwd. u. (Jahrg. 1862, II. Sem.) br. (72 M.)
7 **Ballhorn**, F., alphabet of ancient and modern languages. Lex.-8. Lond. 1861. 76 S. Der Titel fehlt.
8 **Berger**, Chr. G., Plan zu e. allgem. Rede- u. Schrift-Sprache f. alle Nationen. Berl. 1779. — Ders., Antidiluviana od. Beweis v. d. grossen Fähigkeiten u. Kenntnissen d. Einwohner d. ersten Welt. Ebd. 1780. In 1 Ppbde.
9 **v. Bergmann**, Vaterunsersammlung in 152 Sprachen. Ruien 1789.
10 **Bibliander**, Th., de ratione communi omnium linguarum et literarum. 4. Tiguri 1548. Pgt. 255 pp. Etwas wasserfl.
11 **Biondelli**, B., studii linguistici. gr.-8. Milano 1856. Hlwd. 379 pp.
12 **Blondin**, J. N., grammaire polyglotte, française, lat., ital., espagn., portugaise et anglaise. Paris 1814. Hlwd. 103 pp.
13 **Bock**, C. W., Erklär. d. Baues d. berühmtesten u. merkwürdigsten älteren u. neueren Sprachen Europa's, Asien's, Afrika's, Amerika's u. d. Südsee-Inseln. M. 1 Taf. Berl. 1853. Hlwd. 292 S.
14 **du Bois-Reymond**, F. H., Kadmus od. allgem. Alphabetik v. physikal., physiolog. u. graph. Standpunkt. gr.-8. Berl. 1862. Hlwd. (6 M.)
15 **Boller**, die Consonanten-Erweichung. Wien 1854. Pp. 83 Seiten. Abdr.
16 **Boetticher**, P., Wurzelforschungen. Halle 1852. Cart. 48 Seiten.
17 **Busse**, üb. Kritik d. Sprache. 4. Berl. 1844. Cart. Progr.
18 **Calepini** dictionarium undecim linguarum. fol. Basileae 1616. Holzbd.
19 **Callfgaris**, dictionnaire polyglotte. Livr. 1—20 et II. partie livr. 1—7. gr.-4. Turin 1864/69.
20 **Cassel**, Irene. Sprachl.-exeget. Skizze. Erf. 1855. Pp. 49 Seiten.
21 **Chrestomathie**, indogermanische. Bearb. v. Ebel, Leskien, J. Schmidt u. A. Schleicher. Weimar 1869. Hlwd. (8 M.)
22 **Colloquia** et dictionariolum 8 linguarum, lat., gall., belg., teut., hisp., ital., angl., et portug. Venetiis 1646. 8-obl. Prgmt.
23 **Comenii**, J. A., janua aurea reserata IV linguarum, c. quadruplici indice, a N. Duëz in idioma gall. et ital. trad. Lat., germ., gall. et ital. Lugd. Bat. 1640. Pgt. Circa 600 pp.
24 **Decimator**, H., sylva vocabulorum et phrasium octo linguarum. fol. Lips. 1605. Pgt.

25 **Denina**, Ch., la clef des langues ou observations sur l'origine et la formation des principales langues qu'on parle en Europe. 3 vols. Berl. 1804. Hldr.
26 **Dissertations**, 3 linguistic, by Bunsen, Ch. Meyer and M. Müller. gr.-8. Lond. 1848. Hlwd. 98 pp. Abdr.
27 **Engelmann**, W., Bibliothek d. neueren Sprachen. Lpz. 1842. Hlwd.
28 **Ernesti**, J. H. M., Analecten f. d. Sprachenkunde, Schriftenthum u. schönen Künste. 2 Bde. Sulzb. 1830/31. Hldr. u. br.
29 **Falkmann**, einige Bemerkungen üb. d. Unterricht in d. neuern Sprachen. 4. Lemgo 1839. Cart. Progr. 40 Seiten.
30 **v. d. Gabelentz**, üb. d. Passivum. Eine sprachvergl. Abhdl. 4. Lpz. 1860. (2 4/5 M.)
31 **v. Gablenz**, sprachwissenschaftl. Fragmente. I. Thl. u. II. Thl. 1. Heft: Deutscher Schlüssel zur Gavlensografie. Lpz. 1859.
32 Das **Gebet** dess Herrn od. Vatter Unser in mehr als 100 Sprachen u. Schreib-Arten. fol. Augsp. o. J. Cart.
33 **Gesner**, de differentiis linguarum tum veterum tum quae hodie apud diversas nationes in toto orbe terrarum in usu sunt observationes. Tiguri 1555. Pgt.
34 **Gesneri Mithridates**, exprimens differentias linguarum tum veterum, tum quae hodie, per totum terrarum orbem, in usu sunt. Tiguri 1610. Pgt.
35 **v. Gravisi**, A., Sprachen-Atlas od. neueste synopt. Methode engl., franz., italien., span. zu lernen. Güns 1836. — de Balbi, Studien d. engl. Sprache mittelst deutscher, italien., franz. Ueb. Ebd. 1837. In 1 Ppbde. 4. (4 1/5 M.)
36 **Grimm**, J., üb. d. Ursprung d. Sprache. Berl. 1852. Cart. 56 S. Abdr.
37 Nouveau **Guide** de conversations modernes en six langues. Français, anglais, allemand, italien, espagnol, portugais. Paris 1861. Hlwd. 217 pp.
38 **v. d. Hagen's**, F. H., Bücherschatz. Eine kostbare Samml. v. Werken d. deutschen, skandinav., englischen, franz., italien. u. span. Literatur. Berl. 1857. Pp. 152 pp. Auctionskatalog.
39 **Hammer-Purgstall**, Vortrag üb. d. Vielsprachigkeit. 1852. Pp. Abdr.
40 **Harris**, J., Hermès ou recherches philosophiques sur la grammaire universelle, trad. de l'anglois par Fr. Thurot. Paris, an IV. Hlwd. 415 pp.
41 **Helfferich**, Turan u. Iran. Ueber die Entstehung der Schriftsprache. Frkf., 1868. Pp. (4 M.)
42 — geschichtl. Forschungen. I. gr.-8. Frkft. a/M. 1871. (5 2/5 M.) Enth. nur Sprachliches.
43 **Hensel**, G., synopsis universae philologiae, in qua unitas linguarum totius orbis terrarum eruitur. Norimb. 1741. Pp. 492 pp.
44 **Heydler**, Aphorismen aus d. Gebiete d. vergleich. Grammatik. 4. Frkft. 1853. Pp.
45 **Heyse**, K. W. L., System d. Sprachwissenschaft. gr.-8. Berl. 1856. Hlwd. (7½ M.)
46 **Hilgers**, Bemerkungen üb. die mouillirten Laute. 4. Aachen 1837. Pp. Progr. 15 Seiten.
47 **Janota**, E., Sprachstudien als Beitrag z. eth. u. log. Bildung. gr.-4. Teschen 1851. 14 S. Progr.
48 **Jenisch**, philos.-krit. Vergleichung u. Würdigung von 14 ältern u. neuern Sprachen Europens. Berl. 1796. Pp. 503 Seiten.
49 **Isidorus** Hyspal. Liber ethymologiarum. In fine: Basilee 1489. fol. Pp. 104 ff.
50 **Junius**, H., nomenclator, omnium rerum propria nomina VII diversis linguis explicata indicans. Francof. 1596. 545 pp. Stark gebraucht, 1 Bl. beschädigt.
51 **Justi**, F., üb. die zusammensetzung der nomina in den indogermanischen sprachen. Gött. 1861. Pp.
52 **Kaltschmidt**, J. H., Grundriss d. Sprachwissenschaft. Lpz. 1833. Pp. 99 S.
53 **Kaulen**, d. Sprachverwirrung zu Babel. Linguistisch-theolog. Untersuch. üb. Gen. XI, 1—9. gr.-8. Mainz 1861. Hlwd. (4½ M.)
54 **Kern**, etymologische Versuche. 4. Stuttg. 1858. Pp. Progr.
55 **Kolbe**, K. W., abgerissene Bemerk. üb. Sprache. Lpz. 1813. Pp. 142 S.

56 **Kopitar**, B., kleinere Schriften, sprachwissenschaftl., geschichtl. u. ethnograph. Inhalts, hrsg. v. Fr. Miklosich. Thl. 1. Wien 1857. Hlwd. (6 M.)
57 **Latham**, R. G., essays chiefly philological and ethnographical. gr.-8. Lond. 1860. Hlwd. 418 pp.
58 **Latouche, A.**, panorama des langues. Clef de l'éthymologie. Paris 1836. — Le même, chrestomathie ou recueil de morceaux choisis de la bible. Hébr. et franç. Paris. In 1 Ppbde.
59 **Lepsius**, R., das allgem. linguist. Alphabet. Grundsätze der Uebertragung fremder Schriftsysteme in europ. Buchstaben. Berl. 1855. Pp.
60 — standard alphabet for reducing unwritten languages and foreign graphic systems. gr.-8. Lond. 1855. 73 pp.
61 — dasselbe. 2. ed. gr.-8. Lond. 1863. Lwd. 315 pp.
62 **v. Lobkowitz**, B., lat. Ode auf Karls IV. Heilquellen, gedichtet gegen Ende d. 15. Jahrh., nebst e. polyglotten Uebersetz. derselben. A. d. Franz. d. J. de Carro. M. 2 Abbild. Prag 1829. Pp. 88 S.
63 **Lodereeker**, dictionarium septem diversarum linguarum, lat., ital., dalm., boh., polon., germ. et ungar. qu.-8. Pragae 1605. Ldr.
64 **Lübker**, grammat. Studien. I. Heft: Stud. z. Syntax d. Adjectivums u. Adverbiums in d. alten Sprachen. Parchim 1837. Cart.
65 **Ludolfi**, J., et G. G. **Leibnitii**, commercium epistolicum. Gott. 1755. Pp. 229 pp.
66 **Matúrik**, A., alphabetum et ortographia universalis. Rosniaviae 1837. Pp. 81 pp.
67 **Megiser**, paroemiologia polyglottos: h. e. proverbia et sententiae complurium linguarum. Lips. 1605. Pgt. 240 pp. Wasserfl.
68 — specimen quinquaginta diversarum atque inter se differentium linguarum. Frcft. 1603. Etwas fleckig.
69 **Meiner**, J. W., Versuch einer an d. menschl. Sprache abgebildeten Vernunftlehre, od. philos. u. allgem. Sprachlehre. Lpz. 1781. Pp. 488 Seiten.
70 **Merleker**, K. Fr., Musologie. Systemat. Uebersicht d. Entwickelungsganges d. Sprachen, Schriften, Drucke, Bibliotheken etc. gr.-8. Lpz. 1857. Hlwd. (7¼ M.)
71 **Mertian**, J., allgem. Sprachkunde. Brschw. 1796. Pp. 258 Seiten.
72 **Midolle**, écritures anciennes d'après des manuscrits et les meilleurs ouvrages executées a la plume. 4. Strasb. 1835. Hlwd.
73 **Minner**, J. M., Ansichten von Entstehung, Wesen u. Erscheinungen d. menschl. Sprache. Stuttg. 1839. Hlwd. 144 Seiten.
74 **Möller**, Reise von Warschau nach d. Ukraine im J. 1780 u. 1781. Herzb. 1804. Pp. Seite 162 enth. die Benennung d. Pest in verschied. Sprachen.
75 **Monboddo**, Lord, Werk von dem Ursprunge u. Fortgange der Sprache, übers. v. E. A. Schmid. 2 Thle. Riga 1784/85. Pp.
76 **Mönnich**, üb. Wortwurzeln u. Wurzelwörter. 4. Nürnb. 1837. Pp.
77 **Mrakitch**, A., Conversations-Cabinet f. 10 Sprachen. qu.-8. Güns 1837. Hfrz. (2¼ M.)
78 **Müller**, A., alphabeta ac notae diversarum linguarum pene septuaginta. C. tabb. 4. Berol. 1703. Pgt.
79 **Müller**, M., Vorlesungen üb. die Wissenschaft der Sprache. II. Serie. 1. Hälfte. Lpz. 1865.
80 **Nemnich**, Ph. A., Comtoir-Lexicon in 9 Sprachen. gr.-8. Hamb. 1803. Hldr. 768 S.
81 — Waaren-Lexicon in 12 Sprachen. gr.-8. Hamb. 1797. Hfrz. 574 S.
82 **Nersetis Clajensis** Armeniorum patriarchae preces 24 linguis editae. Venet. 1837. Ldr. 434 pp.
83 **Parabola** de seminatore ex evangelio Matthaei in LXXII Europaeas linguas versa. Lond. 1857. Hlwd.
84 **Pasigraphie**, Anfangsgründe d. neuen Kunst-Wissenschaft, in einer Sprache alles so zu schreiben, dass es in jeder andern ohne Uebersetz. verstanden werden kann. 4. Paris 1797. 138 S.
85 **Perty**, M., Grundzüge d. Ethnographie. M. Holzschn. Lpz. 1859. Hlwd. (7⅓ M.)
86 **Picot**, F., nouveau système p. l'étude des langues. fol. Paris 1826. Cart.

87 **Pocket-Book** for conversation in 6 languages. 5. ed. Lpz. 1825. Pp. 431 pp.
88 **Ponat,** G. L., Anleit. z. Harmonie d. Sprachen. Brnschw. 1713. 139 S.
89 **Pott,** die quinare u. vigesimale Zählmethode bei Völkern aller Welttheile. Halle 1847. Hlwd. (5²/₅ M.)
90 — etymolog. Forschungen auf d. Gebiete d. indo-germ. Sprachen. 1. Thl. gr.-8. Lemgo 1833. Pp. (4½ M.)
91 — dasselbe. 2 Thle. gr.-8. Lemgo 1836/59. Hlwd. u. Pp. (27 M.) 1. Thl. in 2. Aufl.
92 — dasselbe. 2. Aufl. II. Thl. 1. Abth. gr.-8. Lemgo 1861. Hlwd. (16 M.)
93 **Precatio** XXI linguis exarata. gr.-8. Viennae 1837. Cart.
94 **Principien,** philosoph., e. allgem. Sprachlehre nach Kant u. Sacy. Königsb., 1805. — Thomas, Glossologie, od. Philosophie der Sprache. 2 Thle. Wien 1786. In 1 Ppbde.
95 Du **Progrès** dans les langues. Paris. 71 pp.
96 **Rumpelt,** H. B., d. natürliche System d. Sprachlaute u. s. Verhältniss zu d. wichtigsten Culturspracheu. gr.-8. Halle 1869. (4½ M.)
97 **Russell,** C. W., the life of cardinal Mezzofanti, with an introductory memoir of eminent linguistics, ancient and modern. Lond. 1858. Lwd. (12 sh.)
98 **de Sacy,** principes de grammaire générale propres à servir d'introduction à l'étude de toutes les langues. 2. éd. Paris (1803.) Hldr. 366 pp.
99 **Schischkoff,** vergleichendes Wörterbuch in 200 Sprachen. 2 Thle. St. Petersb. 1838. In 1 Hfrzbd.
100 **de Schlegel,** A. W., essais littéraires et historiques. Bonn 1842. Cart. 544 pp.
101 **Schleicher,** A., Compendium d. vergleich. Grammatik d. indogerman. Sprachen. 2 Bde. gr.-8. Weimar 1861/62. Hlwd. (15 M.)
102 — dasselbe. 2. Aufl. Ebd. 1866. Hlwd. (16 M.) Wie neu.
103 — sprachvergleichende Untersuch. 2 Bde. gr.-8. Bonn 1848/50. In 1 Hlwdbde. (8½ M.)
104 **Schlosser,** J. Fr. H., freudvoll u. leidvoll. Polyglott. Versuch in 12 Uebertrag. Cart.
105 **Schmid,** B., üb. Sprachen- u. Völkerverwandtschaft. 4. Halle 1838. Pp.
106 **Schrader,** üb. Ursprung u. Bedeut. d. Zahlwörter in d. indoeuropäischen Sprachen. 4. Stendal 1854. Pp. 38 Seiten.
107 **Simon,** précis de grammaire générale servant de base à l'analyse de chaque langue particulière et d'introduction à ma grammaire allemande. Paris 1819.
108 **Sonntagsblatt,** gavlensografisch-deutsches, für die Verwirklichung der Idee einer allgem. Silben- u. Lautsprache. Hrsg. v. Gablenz. Jahrg. 1860, Jan.—Juni. fol. Dresd. Hlwd.
109 **Specimen** characterum typographei s. concilii christiano nomini propagando sct. dom. Gregorio XVI idem typographeum invisenti oblatum. fol. Romae 1843. Hlwd.
110 **Sprachmeister,** orientalisch u. occidentalischer, enth. 100 Alphabete u. das Gebet des Herrn in 200 Sprachen. Lpz. 1748. Pp.
111 **Sprachproben** a. d. 4—16. Jahrh. Bamb. 1835. Pp. 124 S.
112 **Steinsdorff,** Wörterb. zur Erklärung der in d. Gerichtssprache vorkommenden Ausdrücke u. Wörter in fremden Sprachen. Berl. 1818.
113 **Steinthal,** H., Charakteristik d. hauptsächl. Typen d. Sprachbaues. Lex.-8. Berl. 1860. Hlwd. (6 M.)
114 — d. Classification d. Sprachen dargest. als d. Entwickelung d. Sprachidee. gr.-8. Berl. 1850. Pp. 91 S.
115 **Stickel,** d. Etruskische durch Erklär. v. Inschriften u. Namen als semit. Sprache erwiesen. M. Holzschn. u. 3 Tfln. Lex.-8. Lpz. 1858. Hlwd. (13 M.)
116 **Szöllösy,** Sprachlehre um nach Ollendorf's Methode frz., deutsch, engl., ital., russ., span., ungar., wal. u. türk. zu lernen. Klausenburg 1850. Hlwd. (8 M.)
117 **Transactions** of the American ethnological society. Vol. I—III 1. gr.-8. New-York 1845/53. Lwd. u. br.
118 **Vater,** J. S., Analekten f. Sprachenkunde. 2 Hefte (mehr erschien nicht). Lpz. 1820/21. In 1 Ppbd.

119 **Vater**, J. S., Lehrb. d. allgem. Grammatik m. Vergleich. älterer u. neuerer Sprachen. Halle 1805. Pp. 206 S.
120 — Literatur d. Grammatiken, Lexica u. Wörtersammlungen aller Sprachen der Erde. Berl. 1815. Pp.
121 — dieselbe. Berl. 1847. Hlwd. (9 M.)
122 — Pasigraphie u. Antipasigraphie od. üb. d. neueste Erfind. einer allgem. Schriftsprache f. alle Völker. Weissenf. 1799. Pp.
123 — Versuch einer allgem. Sprachlehre. Halle 1801. Hldr. 295 Seiten.
124 — Vergleichungstafeln d. europ. Stamm-Sprachen u. süd-, west-asiatischer. Rask, üb. d. thrak. Sprachclasse. Albanes. Grammatik. Grusinische Grammatik. Halle 1822. Hlwd.
125 **Veneroni**, dictionaire impériale, dans lequel les quatre langues princip. de l'Europe sont proposés et eclaircies. 4 vols. 4. Cologne 1766. In 2 Hldrbdn.
126 **Verzeichnung**, eine nach d. Alphabet entworfene, der gebräuchl. aus der lat., frz., ital. u. mehr andern Sprachen entlehnten Wörtern. Hamb. 1748. Pp. 190 Seiten.
127 **Vollbeding**, M. J. C., Stammtafel aller Sprachen. Berl. 1802. Pp. 186 S.
128 **Wallace**, S., üb. moderne Sprachen. Hamb. 1852. Cart. 32 S.
129 **Weber**, H., etymologische Untersuchungen. I. Halle 1861. Pp. 120 Seiten
130 **Wedewer**, H., z. Sprachwissenschaft. Freib. i. Br. 1861. 133 S.
131 **Weitenauer**, J., hexaglotton alterum, docens linguas angl., germ., belg. lat., lusitan. et syr. 2 prts. 4. Aug. Vind. 1762. In 1 Hpgtbd.
132 **Wernberger**, etymolog. Untersuch. üb. d. Namen „Jupiter". Münch. 1846. Pp. 24 S. Diss.
133 **Windisch**, E., Untersuchungen üb. d. Ursprung d. Relativpronomens in d. indogerman. Sprachen. Lpz. 1869. Pp. 79 Seiten.
134 **Wüllner**, Fr., üb. Ursprung u. Urbedeut. d. sprachl. Formen. Münster 1831. Pp. m. Goldschn. 350 S.
135 — üb. d. Verwandtschaft d. Indogerman., Semit. u. Tibetanischen. gr.-8. Münster 1838. Cart. (3½ M.)
136 **Wuttke**, H., die Entstehung der Schrift, die verschied. Schriftsysteme. Lpz. 1872. Ohne das dazu gehör. Heft m. Abbildgn.
137 **Zeitschrift** f. Völkerpsychologie u. Sprachwissenschaft. Hrsg. v. Lazarus u. Steinthal. 1. 2. Bd. Berl. 1860. Hlwd. (18 M.)
138 **Zeitschrift** f. die Wissenschaft der Sprache. Hrsg. v. Hoefer. III. Bd. Greifsw. 1851/52. Hlwd. (6⅘ M.)

Asiatische Sprachen und Literatur.

Orientalia im Allgemeinen.

140 **Alter**, bibliograph. Nachrichten v. verschiedenen Ausgaben oriental. Bibeltexte, u. der Kirchenväter. Wien 1779. Pp. 222 Seiten.
141 **Bodenstedt**, F., 1001 Tag im Orient. 3. Aufl. Berl. 1859. Lwd. (3 M.)
142 **Bohn**, de fatis studii linguarum orientalium inter Europaeas. 4. Jenae 1769. Cart.
143 **Buttmann**, Ph., aelteste Erdkunde des Morgenländers. Berl., 1803. Hlwd.
144 **Crinesius**, discursus de confusione linguarum tum orientalium, tum occidentalium. 4. Norib. 1629. 144 pp.
145 **Le Dieu**, grammatica linguarum orientalium, Hebraeorum, Chaldaeorum et Syrorum inter se collatarum. 4. Lugd. B. 1628. Ldr. 423 pp. Einige Seiten fleckig.
146 **v. Diez**, Denkwürdigkeiten von Asien. 2 Bde. Berl. 1811/15. Pp.
147 **Dulaurier**, Ed., des langues et de la littérature de l'archipel d'Asie sous le rapport politique et commercial. gr.-8. 1841. Pp. 52 pp. Extr.
148 **Ewald**, G. H. A., Abhandlungen zur oriental. u. bibl. Literatur. 1. Thl. Gött. 1832. Pp.
149 **Fleischer**, H. O., catalogus codicum orientalium bibliothecae regiae Dresdensis. 4. Lips. 1831. Hlwd. (4¼ M.)

150 **Gilchrist**, the hindee-roman orthoepigraphical ultimatum, for acquiring the most accurate pronunciation of many oriental languages. 2. ed. Lond. 1820. Hlwd. Etwas fleckig.
151 **Hamaker**, specimen catalogi codicum mss. orientalium bibliothecae acad. Lugduno-Batavae. 4. Lugd. B. 1820. Hlwd. 264 pp.
152 **v. Hammer**, J., Memnon's Dreiklang, nachgeklungen in Dewajani, Anahid, Sophie, ind., pers., türk. Lustspielen. Wien 1823. Hlwd. 319 S. Einige S. fleckig.
153 **Hammer-Purgstall**, das Kamel. gr.-4. Wien 1854. Hlwd. (5½ M.)
154 **Hartmann**, A. Th., morgenländ. Blumenlese. 16. Neustreliz 1802. Pp. 209 S.
155 — asiatische Perlenschnur, od. d. schönsten Blumen des Morgenlandes, deutsch. 2. Bd. Berl. 1801. Pp.
156 **Hasse**, prakt. Unterricht üb. d. gesammten oriental. Sprachen. 4 Bde. Jena 1786/93. In 1 Ldrbd.
157 **Hottinger**, etymologicum orientale, s. lexicon harmonicum heptaglotton. Frcft. 1661. — Ejusd. historia orientalis. Tiguri 1660. — Ejusd. juris Hebraeorum leges CCLXI. Ibid. 1655. 4. In 1 Pgtbd.
158 **Jones**, poeseos asiaticae commentariorum libri VI, c. append. Lips. 1777. Pp. 408 pp.
159 **Journal** asiatique de Constantinople, publ. p. Cayol. Tome I. Constant. 1852. Pp. 96 pp.
160 **v. Klaproth**, J., Archiv f. asiatische Litteratur, Gesch. u. Sprachkunde. I. (einz.) Bd. M. Kpfrn. 4. Petersb. 1810. Pp.
161 — Asia polyglotta. 2. Aufl. 4. M. Sprachatlas in gr.-fol. Paris 1831. Hlwd. (18 M.)
162 — Beleuchtung u. Widerlegung der Forschungen üb. d. Geschichte d. mittel-asiat. Völker des Herrn J. J. Schmidt. Paris 1824. Hlwd.
163 **Krogius**, G., de vario usu litteraturae orientalis. Diss. 4. Aboae 1791. Cart. 28 pp.
164 **de Lagarde**, P., gesammelte Abhandlungen. Lpz. 1866. (15 M.)
165 — de N. Test. ad versionum orientalium fidem edendo. 4. Berol. 1857. Cart. 20 pp.
166 **Matthiae**, Nachricht von Hiob Ludolf's noch vorhandenen meist literar. Briefwechsel. 4. Frkft. 1818. Pp.
167 **Mélanges** asiatiques tires du bulletin hist.-philol. de l'Acad. Imp. des Sciences de St. Petersbourg. Tome I. II. 1—3. Av. planches. St. Petersb. 1849/54.
168 **Meninski**, thesaurus linguarum orientalium turcicae, arab., persicae cont. lexicon turcico-arab.-pers. cum significationibus lat., germ., ital., gall., polon., et grammaticam turcicam. — Complementum thesauri linguarum orientalium. 5 voll. fol. Viennae 1680/87. In 4 Hldr.- u. 1 Ldrbd. Einige Bl. nicht ganz sauber, Schluss d. 4. Bds. wurmst.
169 **Neumann**, C. F., asiatische Studien. I. Thl. Lpz. 1837. Hlwd. 254 S.
170 **Nicolai**, J. F., hodogeticum orientale harmonicum. 4. Jenae 1670. Hldr.
171 **Paulsen**, Nachrichten vom Ackerbau der Morgenländer. 4. Helmst. 1748. Hlwd. 153 Seiten.
172 **Pfeiffer**, A. Jahr-Opfer dem Herrn Johann, Georgen dem Andern, Hertzogen zu Sachsen, Jülich, Cleve u. Berg durch einen Glückwunsch in 15 Haupt- u. auswärtigen (oriental.) Sprachen im J. 1670 abgestattet. 4. Wittenb. 1670. Ldr.
173 **Reinaud**, not. hist. et littêr. sur M. le Baron Silv. de Sacy. Paris 1838. Pp.
174 **Ritter**, C., die Stupa's (Topes) u. die Colosse von Bamiyan. Abhdl. z. Alterthumskunde des Orients. M. Karte u. 8 lith. Tfln. Berl. 1838. Pp. (2½ M.)
175 **Sammlung** asiatischer Original-Schriften. (Deutsch.) I. Bd. Zürich 1791. Pp.
176 **de Schlegel**, A. W., réflexions sur l'ètude des langues asiat. gr.-8. Bonn 1832. Hlwd. 205 pp.
177 **Schulze**, B., orientalisch- u. occidentalisches A, B, C-Buch. Naumb. 1769. Pp. 219 S.

178 **Schultens**, H. A., oratio de finibus literarum orientalium proferendis. 4. Amst. 1774. Pp. 48 pp.
179 **Specimen** e literis orientalibus exh. historiam Kalifātus Al-Walīdi et Solaimani. E cod. ed. Anspach. Lugd. B. 1853. Pp.
180 **Verhandlungen** der 1. Versamml. d. Orientalisten in Dresden 1844. 4. Lpz. 1845. Pp.
181 **Vogelstein**, H., adnotationes quaedam ex litteris orientalibus petitae ad fabulas, que de Alexandro Magno circumferuntur. Diss. Vratisl. 1865. 46 pp.
182 **Walton**, Br., dissertatio de linguis orientalibus; access. Joa. Wowerii syntagma de graeca et lat. bibliorum interpretatione. Daventriae 1658. 12. Cart.
183 **Wüstenfeld**, Vergleichungstabellen der muhammedanischen u. christl. Zeitrechnung. 4. Lpz. 1854.
184 **Zeitschrift** für Kunde des Morgenlandes, hrsg. v. Ewald, v. d. Gabelentz, Kosegarten, Lassen u. A. Bd. 1—3. Gött. 1837/40. Hldr.
185 **Zeitschrift** d. deutschen morgenländ. Gesellschaft, hrsg. v. Gosche, Schlottmann, Fleischer, Krehl. Bd. I—XXVI, u. Reg. zu Bd. 1—20. M. lith. Tfln. Lpz. 1847/72. Hlwd. u. br.
186 — Abhandlungen für die Kunde des Morgenlandes, hrsg. v. d. Deutschen Morgenländ. Gesellschaft. Bd. 1. Lpz. 1859. Hlwd.
187 — Jahresbericht d. deutschen morgenländ. Gesellschaft auf d. J. 1845, 1846, 1859—61 u. 1862—67. I. Heft. Lpz. Hlwd. u. br.
188 **Zenker**, J. Th., bibliotheca orientalis. Manuel de bibliographie orientale. 2 vols. Lpz. 1846/61. Hlwd. u. br. (21¾ M.)

Hebraica. Judaica.

189 **Aboab**, **Is**, Menorat ha-Maor, Moral- und Sittenlehre nach den Aggada's in den Talmuden und Midraschim, mit jüd.-deutsch. Uebers. Amsterdam 1739. 4. Ldr.
190 — dasselbe. M. jüd.-deutscher Uebers. Sulzb. 1749. fol. Ldr. Einige Bl. etwas fleckig.
191 — dasselbe. M. hebr. Comm. u. jüd.-deutscher Uebersetzung von Frankfurter. Wilna 1844. gr.-4. Halbjuchten. Die beiden letzten S. fleckig.
192 **Abraham b. Chijja**, Hegjon ha-Nefesch. Sitten-Buch. Lpz. 1860.
193 **Abraham b. David**, Schiltė ha-Gibborim hebr. Archäologie. Mantua 1612. fol. Wurmstichig, am Schlusse mehrere Bl. beschädigt u. fleckig; sehr selten.
194 **Abraham b. Jeremia**, Seder Abraham, über die Masora. Frankf. a. O. 1752. Hldr. Fleckig, d. 2 letzten Bl. leicht beschädigt.
195 **Abraham b. Reuben**, Sefer Olat Schabbat, über den tieferen Sinn der Sabbatgesetze. Salonik 1797. 4. Hldr. Wasserfleckig.
196 **Abraham Ibn Esra**, Safa berurah, Grammatik mit ausführl. Comment. von G. Lippmann. Fürth 1839.
197 — Sefer Zachot, Grammatik. Fürth 1827.
198 — Sefer ha-Schem, über den vierbuchstäbigen Namen Gottes, mit Comment. und Einl. von G. Lippmann. Fürth 1834.
199 **Abramowitz**, Sch. J. Mischpat Schalom, Kritiken u. Gedichte. Wilna 1860.
200 **Abravanel**, Is., Perusch al Nebiim acharonim, Comment. üb. die letzt. Propheten (Jes., Jerem., Ezech. u. die 12 kl. Proph.) zusammen mit d. Texte gedr. Amsterdam, 1641. fol. Hldr.
201 — Comment. über die letzten Propheten. mit Text. Amst. (?) 1641. fol. Hldr. Ein Bl. leicht beschädigt, einige Bl. unbed. fleckig.
202 — Ateret Sekenim, religionsphilos. und dogmatische Erläuterungen zu Ex. 23. Amsterdam 1739. Pp.
203 **Abrida** (?) A., Bet Abraham, hebr. Wörterbuch. Konstant. 1728. fol. Unbed. fleckig.
204 **Abulafia**, M., Masoret Sejag la-Tora, masoretisches Lexicon z. Pentateuch. Berlin 1791. fol. Pp. Am weissen Rande etw. fleckig.

205 **Ah'ron ha-Lewi Barceloni**, Sefer ha-Chinnuch, üb. die 613 Gebote u. Verbote. 4. Wien 1852.
206 **Ah'ron ben Elija**, Gan Eden, Buch der Gesetze, Erkenntniss des jüd. Gesetzes und Rechtes nach karäischer Auffassung. Kosloff 1864.
207 — Keter Tora, Comment. über die 5 Bücher Mosis, Kosloff 1866/67. Bd. 1 etwas fleckig.
208 **Ah'ron b. Jakob**, Or ha-Jaschar, Sammlung von Gutachten, eine Ehescheidung betreffend. Amst. 1769. Ldr. Nicht gut gehalten.
209 **Ah'ron b. Josef**, Mibchar Jescharim, Comment. üb. die Geschichtsbüch. u. Jesaias, nebst ein. Supercomment. zu Josua und ein. Anhang zu Jesaias v. Abr. Firkowitsch. Beigef.: Sefer ha-eser, Commentat. üb. Jerem., die 12 kl. Prophet. und die Hagiograph., v. Jakob b. Reuben. Masseat Binjamin, Gesetzesvorschrift für Karäer, v. Binjam. b. Mosche Nahâwendi. Kosloff 1835. fol. Ldr.
210 **Ah'ron b. Mardechai**, Patschegen ha-Ketab, hebr. u. jüdisch-deutsche Uebers. des Ester-Targum. Frankf. a. O. 1796. 4. Hlwd.
211 **Ajelet ha-Schachar**, Sammlung von Gebeten und Hymnen. Mantua, 1612 (?). Ldr.
212 **Albo**, Jos., Sefer Ikkarim, die Grundlehren des Judenthums. 4. Fleckig u. wurmstichig, mehrere Bl. beschädigt, d. Titelbl. fehlt.
213 **Alcharisi, Jeh. b. Sal.**, Tachkemoni, hebr. Makamen. Amsterdam 1729. Hpgt.
214 — dasselbe. Wien 1854. Hlwd.
215 **Allon Bachut**, Klagelieder zum 9. Ab, mit jüdisch-deutscher Uebers. u. hebr. Anmerkungen, von S. Kohen u. S. Gottlieb. Wien 1855. Hlwd.
216 **Alscheich**, Mos., Torat Mosche, Commentar üb. das erste Buch Mosis, hebr. Text und jüd.-deutsche Uebers. v. Josef Darmstadt. Karlsruhe 1777. fol. Ldr.
217 **Ang'il**, M., Masoret ha-Berit ha-gadol, Betrachtungen über 1650 Masora-Bemerkungen. Mantua 1622. fol. Pgt. Mehrere Bl. fleckig.
218 **Anschel**, A., Sefer schel Rabbi Anschel, Wörterb. üb. d. N. T., mit jüd.-deutsch. Uebers. Krakau 1584. 4. Cart. Scharf beschnitten, unbed. fleckig.
219 — Sefer schel R. Anschel, Wörterbuch üb. das alte Test., hebr.-jüd.-deutsch. Krakau 1584. 4. Stark beschnitten.
220 **Antoli**, J., Malmad ha-Talmidim, religionsphilos. und dogmat. Vorträge. Lyck 1866.
221 — Ruach Chen, Wörterb. über die philos. Termen des More Nebuch., mit lat. Uebers., von Jochanan-Isaak. Köln 1555. 12. Hlwd.
222 **Archivolti**, Sam., Arugat ha-Boschem, hebr. Grammat. Amsterdam 1730. Pp.
223 **Arguiti**, Is., Sefer me-Am loës, jüd.-span. Midrasch üb. das 5. Buch Mosis. Smyrna 1873. fol. Hldr.
224 **Aruch ha-kazer**, Ausz. a. d. talmudisch. Wörterbuch Aruch m. Zusätze u. Verbesser., v. ein. Ungen. Konstantinop. o. J. 4. Ldr. Titelbl. fehlt, 5 Bl. beschäd., etw. fleck.
225 **Aschkenasi**, D. T., Bet David, Novellen üb. talmud. Stellen. Wilmersd. 1734.
226 **Aschkenasi**, Mard., Eschel Abraham, Ueber kabbal. Themas besonders das 1. Buch d. Sohar. Fürth 1701. fol. Hldr. 8 Bl. am obern weissen Rande leicht beschädigt.
227 **Asulai**, Ch. J. D., Schem ha-Gedolim, jüd. Schriftsteller-Lexikon. 2 Thle. Frkft. u. Warschau 1847/64.
228 **Bachja b. Ascher**, Comment. über den Pentateuch. Venedig 1544. fol. Ldr. Einige Bl. etw. fleckig.
229 **Bachja b. Josef** (Ibn Bakoda) Chobot ha-Lebabot, üb. die Herzenspflichten, jüd.-span. Venedig 1713. 4. Ldr. Stark beschnitten u. theilweise fleckig; mehrere Bl. defect.
230 — dasselbe, mit hebr. Comment. und jüd.-deutscher Uebersetzung. 2 Theile. Wilna 1867.
231 — dasselbe, m. jüd.-deutscher Uebers. 4. Hldr. Titelbl. fehlt. Fleckig.
232 — dasselbe mit jüd.-deutsch. Uebers. Amsterdam 1716/1802. 4. Hldr. u. Ldr.
233 **Bachrach**, J. Maamar Jaakob ha-Bachri, über den Ursprung der hebr. Schrift und Punctation. Warschau 1854. Lwd.

234 **De Balmes,** Abr., Mikneh Abram, hebr. Grammatik. Venedig 1523. 4. Holzbd. Etw. wasserfl.
235 **Bank,** Tebusat Abschalom, Dichtung üb. die Empörung Abschaloms. Odessa 1868.
236 **Bardach,** E., Maarich ha-Maarachot, hebr.-deutsches Wörterbuch. Wien 1868.
237 **Bechaiji,** Ben Josef, Choboth Ha-L'Baboth. Lehrb. d. Herzenspflichten. A. d. Arab. Hebr. u. deutsch v. M. E. Stern. 2. Aufl. Wien 1856. 464 S.
238 **Bedarschi,** Jed., Bechinat Olam, Betracht. über die Eitelk. der Welt, mit metrischer Uebers., von M. E. Stern. Wien 1852. Pp.
239 — dasselbe, m. hebr. Comm. von Ottensesser, und deutsch. Uebers. von S. Hamburger. Fürth 1807. Pp.
240 **Beer,** P., Toledot Iisrael, kurz. Abriss der jüd. Gesch. bis zur Rückkehr aus d. babyl. Gefangensch. II. Th. von M. Stern, bis z. Zerstör. des 2. Temp. Hebr. u. deutsch. Wien 1854. Pp.
241 **Di Benevento,** Imman., Liwjat Chen, hebr. Grammatik. Mantua 1557 (?). 4. Einige Bl. unbed. fleckig, 1 Bl. leicht beschädigt, d. Titelbl. fehlt.
242 — Sefer Liwjat Chen, hebr. Grammat. Mantua 1556. Hpgt. Unbed. fleckig.
243 **Ben-Seb,** J. L., Talmud Leschon Ibri, hebr. Grammatik. Wilna 1866.
244 — Mesillat ha-Limmud, hebr. Blumenlese mit ital. Uebers. Wien 1825. Hldr.
245 — Ozar ha-Schoraschim, hebräisch-deutsches und deutsch-hebräisches Wörterbuch. 3 Theile. Wien 1862. Hlwd.
246 **Ben-Sira,** das Buch Sirach. Hebr. u. Deutsch, mit hebr. Comm., von Benseb. Wien 1807. Ldr.
247 — dasselbe mit spanisch. Uebers., von Israel b. Chajjim. Wien 1818. Pp.
248 — dasselbe, hebr. und deutsch, von J. L. Benseb. Wien 1818. Hldr.
249 **Berkowitz, Ben-Zijon,** J., Lechem we-Simla, Commentar über das Targum zum Pentateuch. Wilna 1850. Ldr.
250 **Berlin,** J., Biur ha-Aruch, Comment. und Scholien zum aram.-rabbin. Wörterb. Aruch. Breslau 1830.
251 — dasselbe, Buchst. ל—ה. Wien 1859.
252 — Miné Targuma, Glossen und Commentat. über das Targum des Onkelos. Breslau 1827. 4. Hlwd.
253 — Haflaa scheba-Arachin, Erläuterungen dunkler Stellen im Aruch. Breslau 1830.
254 **Beschiätschi,** El., Adderet Elijahu, üb. die von den Karäern zu beobachtenden Gesetze. Kosloff 1834. fol. Frz.
255 **Bet ha-Midrasch,** Samml. kleiner Midraschim v. Ad. Jellinek. 1. Theil. Leipzig 1853.
256 **Biblia.** Bibel, hebr. Genua 1618. 4. Hfrz. Titel aufgezogen.
257 — Bibel, hebr. 16. Leyden 1610. Ldr. Unbed. wurmstichig.
258 — Bibel, hebr. 4 Bände. 12. Frankf. a. M., Hartmann 1595. Pgt.
259 — Bibel, hebr. Frankf. a. O. 1595. 4. Holzbd. Unbed. fleckig, einige Bl. leicht beschädigt, einige am Rande beschrieben.
260 — Bibel, hebr. Antwerpen, Plantin, 1582. 4. Hldr.
261 — Bibel, hebr., d. kl. Prophet mit D. Kimchis Commentar. 2 Thle. Paris, Stephani, 1539/43. Ldr. Der Einbd. nicht gut gehalten, beide Bde. unbed. wasserfl. d. Titel im 1. Bde. aufgezogen. Sehr selten.
262 — Bibel, hebr. Basel 1536. 4. Ldr. Das Titelbl. u. mehrere andere Bl. ausgebessert, einige Bl. etw. fleckig, einige m. handschriftl. Notizen; d. obere Rand stark beschnitten.
263 — Bibel, hebr. Venedig 1521. 4. Hldr. Das Titelbl. u. mehrere andere Bl. etw. fleckig.
264 — Mikra kodesch, Bibel, hebr. Leipzig 1862. Lwd.
265 — Bibel, hebr., mit Raschi und jüd.-spanischer Uebersetzung. 4 Bände. Konstant. 1739/43. 4. Ldr. Etw. fleckig. im 4. Bde. fehlt d. Titelbl.
266 — Bibel, hebr. mit Targum, 2 hebr. Comment. und mit deutsch. Uebers. 16 Bände. Lex.-8. Petersburg und Wilna 1852/53.
267 — Bibel, hebr., mit dem textkritischen Commentar von Norzi. 2 Bände.

Mantua 1733/44. 4. Hldr. Etw. fleckig, d. Titelbl. u. mehrere andere Bl. d. 1. Bdes. ausgebessert.

268 **Biblia.** Bibel, hebr., mit ein. grammat. Einleit. Pisa o. J. 4. Ldr. Der Titel u. d. 1. Bl. aufgezogen, einige Bl. leicht beschädigt, einige etw. fleckig. Am oberen Rande stark beschnitten.

269 — Tikkun Seferim, Bibel hebr. (Pentat. mit Targ.) Amsterdam 1724. Ldr. Mehrere S. etw. wasserfl.

270 — Mikraé Kodesch, Bibel, hebr. mit hebr. Comment. (Biur) und deutsch. Uebers. (Pentat. v. Mendelssohn), herausgegeb. v. A. Lebensohn u. E. Ben-Jacob. 17 Bände. Wilna 1849/56. Hldr. Bd. 14 unbed. wasserfl.

271 — Sifré Kodesch, Bibel, hebr. mit hebr. Comment. (Biur) und deutsch. Uebers. (Pentat. v. Mendels.) 21 Bände. Prag 1837/39. Hldr. Der Umschlag d. 1. Bdes lose, Bd. 6 etw. wurmstichig.

272 — Mikraot gedolot, Biblia rabbinica mit den berühmtest. Commentaren. 4 Thle. Basel 1615/1769. fol. Holzbd. m. Schl. Bd. 1 u. 2. unbed. fleckig.

273 — Mikraot gedolot, Biblia rabbinica mit den berühmteten Commentaren. 4 Thle. Amst. 1720/27. fol. Ldr. Im 2. Bde. 5 Bl. unbed. fleckig, einige Bl. am unteren weissen Rande ausgebessert im 4. Bde. fehlt d. Titelbl., sonst vorzüglich erhaltenes Explr.

274 — Or l'Iisrael. Bibel, hebr. mit Targ., deutsch. Uebers., Raschi's Comment. und Biur, herausgegeb. von D. Monasch. 18 Bände. Krotoschin 1839/43. Hldr.

275 — Livjat Chen, die heil. Schrift in treuer deutsch. Uebers. 2. Th.: Propheten und Hagiogr. Wien 1815. 4. In 1 Hldrbde.

276 — Bibel in jüd.-deutsch. Spr., übertr. von Jos. b. Alexander. Amsterdam 1687. fol. Pgt.

277 — Heil. Schrift, a. und n. T., jüd.-deutsch. 5 Bände. Halle 1736/50. Hpgt. Im 1. u. 3. Bde. fehlt d. Titelbl.

278 — Pentateuch, hebr. Antwerpen, Plantin, 1566. 12. Ldr. Unbed. fleckig.

279 — Pentateuch, hebr. unpunct. Leyden 1610. 16. Ldr.

280 — Pentateuch, hebr., karäische Ausgabe. Kosloff 1840. 4. Hfrz.

281 — Magen Soferim, Pentateuch, hebr. Pisa 1803. 4. Ldr.

282 — Pentateuch hebr. mit Raschi, nebst den Haftora's u. d. 5. Megillot. Cremona 1567. fol. Hlwd. Titelbl. defect, fleckig.

283 — En ha-Sofer, Pentateuch-Ausgabe von W. Heidenheim, nebst den Haftor. 3 Theile. Rödelheim 1818/21. Hldr.

284 — Meor Enajim, Pentateuchausgabe Heidenheims mit dem masoretisch. Comment. v. Jekut. Nakdan. 5 Theile. Rödelheim 1818/21. Hldr.

285 — Mikraot gedolot, Pentateuch mit 3 Targumim und den berühmtesten hebr. Commentaren. 2 Bände. Wien 1859. gr.-4. Hfrz.

286 — Netibot ha-Schalom, Pentateuch hebr. mit deutsch. Uebers., v. Mendelssohn u. hebr. Comm. v. Dubno und Wessely, nebst dem masoretisch. Comment. Tikkun Seferim. 5 Bände. Berlin 1783. Ldr. Im 3. u. 5. Bde. fehlt d. Titelbl., Bd. 1 nicht gut gehalten.

287 — Pentateuch, hebr. mit Targum und Comment. v. Raschi u. Nachmanides. Pergamentdr. untermischt m. Papierbl., welche statt d. Targ. jüd.-span. Uebers. haben. 5 Bde. fol. Hldr. Titelbl. u. Schl. d. 3. Bd. fehlt, ein Bl. im 1. u. 2. Bd. u. einige Bl. im 4. Bd. def., fleck. Sehr seltene Ausg.

288 — Pentateuch, nebst den 5 Megill. und d. Haft., jüd.-deutsch, mit Comment. Amsterd. 1679. fol. Holzbd. Einige S. etw. wasserfl.

289 — Pentateuch, hebr., nebst den 5 Megillot und den Haftora's, mit 3 hebr. Comment. Amst. 1680. 4. Ldr. Einige Bl. unbed. wasserfl.

290 — Torat Mosche, Pentateuch, hebr. mit deutsch. Uebers., von W. Heidenheim, und hebr. Comment. von M. Kalvo. 5 Bände. Rödelheim 1818/21. Ldr.

291 — Pentateuch, hebr., nebst Haftor. u. 5 Megill. mit jüd.-deutsch. Uebers. Amst. 1756. 4. Hfrz. Einige S. wasserfleckig.

292 — Pentateuch, hebr., nebst den 5 Megill. mit jüd.-deutsch. Uebers. Amst. 1758. 4. Ldr. Unbed. wurmstichig.

293 — Pentateuch, hebr., mit Targum u. Raschi nebst Haftora's u. Megillot. Lemberg 1827. 4. Hldr.

294 **Biblia.** Pentateuch, hebr., mit dem Comm. Raschi's im Original mit Uebers. desselben und erläuternd. Anmerk. von J. Dessauer. 5 Bände. Ofen 1864—67. Lwd.
295 — Pentateuch, hebr., mit Targum, 3 hebr. Comment. und jüd.-deutscher Uebers., nebst Haftor. u. d. 5 Megill. 5 Bände. Stettin 1865. 4.
296 — Pentateuch, hebr., mit Targum, Raschi's Comment. und jüd.-deutscher Anmerk., nebst den Megill. und Haftora's, letzt. mit Kimchi's Comment. Amst. (?) gr.-4. Holzbd. Titelblatt fehlt.
297 — Pentateuch, hebr., mit Targum, Raschi u. italien. Uebers. fol. Ldr. Anf. u. Schl. fehlt.
298 — Pentateuch, hebr., mit türkischer Uebersetzung. Gosloff 1835. 4. Hldr. Titelblatt fehlt.
299 — Premsla, J., Tikkum Soferim, der Pentateuch für d. Gesetzesrollenschreib. eingericht. 5 Bde. Amsterdam 1783. Ldr.
300 — Torah, die 5 Bücher Mosis in jüd.-deutsch. Spr. London 1850. Ldr.
301 — Pentateuch, jüd.-deutsch, mit Comment., nebst Megill. und Haftor. Basel o. J. fol. Holzbd. Nicht gut gehalten, das Titelblatt aufgezogen, ausserdem lose.
302 — Ez Chajjim, Pentateuch, deutsch mit jüd. Letr., nebst Haftor. und d. 5 Megill. Sulzbach 1834. Hldr.
303 — Pentateuch, hebr. et lat. 2 Bde. Venedig 1551. 4. Pp. Bd. 1 etw. wurmstichig, im 2. Bde. fehlt das Titelblatt.
304 — Targum Tora, Pentateuch, türkisch mit hebräischen Typen. 4. Hldr. Titelblatt fehlt.
305 — Pentateuch, 1. 3. 4. 5. B. Mos., hebr., m. deutsch. Uebers. u. erklärend. Anmerk., v. M. J. Landau. Prag 1852.
306 — Pentateuch. Geschichtsb. u. Prophet. hebr. Lpz. 1865.
307 — Geschichtsbücher (Jos., Richt., Sam., Kön.) mit Raschi's Comment. 12. Amsterd. 1700. Ldr. Einige Bl. fleckig.
308 — Geschichtsbüch. u. Prophet. (Jes., Jer. u. Ezech.) mit Raschi und jüd. deutsch. Uebers. fol. Hldr. Titelbl. fehlt, 7 Blätter im Anfang u. letztes Bl. defect, fleckig.
309 — Geschichtsbücher und Propheten, hebr. mit Raschi und jüd.-deutscher Uebers. 3 Bände. Amsterdam 1699. 12. geb. Unbed. fleckig. Im 1. Bde. 2 Bl. beschädigt.
310 — Geschichtsb. Prophet. und Hagiogr. hebr. mit Targum und Comment., v. Raschi und Altschul. 6 Bde. Wilna 1862. Hfrz.
311 — Maggisché Mincha, die Geschichtsb., Propheten und Hagiogr., mit Raschi's Comment., und jüd.-deutsch. Uebers. 3 Bde. Amst. 1783. 4. Lwd. Der obere Rand scharf beschnitten.
312 — Geschichtsb., Prophet. u. Hagiogr. hebr. mit Targum, 3 hebr. Comment. und jüd.-deutsch. Uebers. Bd. 1—2, 4—6. Wilna-Grodno 1820. 4. Ldr.
313 — Geschichtsb., Prophet. und Hagiograph. hebr., mit Comment., von Raschi und Altschul, und jüd.-deutsch. Uebersetzung. 10 Bände. Krakau 1820/22. Ldr.
314 — Mikraé Kodesch, Geschichtsb., Prophet. u. Hagiograph. mit Comment., von Raschi und Malbim. 12 Bde. Warschau 1866/68.
315 — Geschichtsbücher, Propheten u. Hagiographen, türkisch mit hebr. Typ. 4. Hldr. Titelbl. f.
316 — Geschichtsb., Prophet. u. Hagiogr. hebr. mit Raschi, Biur und deutsch. Uebers. 9 Bde.: Richt., 1. u. 2. Sam. 2. Kön., Jer., Ezech., 5 kl. Proph., Spr., Neh. Fürth, 1805/18. Hldr. u. Pp.
317 — Geschichtsb., Prophet. u. Hagiogr. hebr., mit Comment., von N. Altschul u. A. Danziger, und einer jüd.-deutsch. Uebers. Bd. 1—4, 6. Amstd. 1777/78. Ldr. Bd. 2 unbed. fleckig.
318 — Geschichtsbücher, die 12 kl. Prophet. und Esra und Nehemia, mit Raschi und jüd.-deutsch. Uebers. 2 Bde. 12. Amsterd. 1699. Ldr. Titelblatt fehlt i. 1. Bd., Bd. 2 unbed. wasserfl.
319 — Kitbé Kodesch, Geschichtsb., Prophet., Psalmen u. Spr., mit Targum,

und Comment. von Raschi und D. Atlschul, und jüd.-deutsch. Uebers. 5 Bde. Berlin 1865/66. 4.
320 **Biblia.** Propheten und Hagiographen, hebr., mit Raschi. 12. Amsterd. 1701. Ldr. Einige Bl. wasserfl.
321 — Geschichtsbücher und Hagiographen, hebr. 2 Bde. 12. Antwerpen 1566. 12. Ldr. Unbed. wasserfl.
322 — Propheten, hebr., unpunct. 16. Berl. 1710. Ldr.
323 — Nebiim, Propheten (Jes., Jerem., Ezech. u. d. 12 kl. Proph.), mit schriftl. Randbemerk. Antwerpen, Plantin. 12. Ldr. Am Schluss 4 Bl. leicht beschäd.
324 — Mincha tehora, die 12 kl. Prophet. mit hebr. Comment. (Biur) und deutsch. Uebers. Prag 1806. Hldr.
325 — Jonah, mit Targum und den Comment. v. Raschi, Kimchi, Ibn Esra u. J. Abravanel. Lpz. 1683. Ldr.
326 — Hagiographen, hebr. mit Raschi und jüd.-deutsch. Uebers. 12. Ldr. Titelbl. fehlt. Etwas fleckig, der obere Rand scharf beschnitten.
327 — Chronik 1 u. 2, Dan., Esr., Neh. u. die 12 kl. Prophet., hebr. Paris 1544/45. ed. Stephani. 12. Ldr.
328 — Psalmen, Sprüche u. Hiob, hebr. mit Raschi. Auf Pergament. gedr. fol. Hldr. Anf. d. Psalm. b. Kap. 25 u. Schl. d. B. Hiob v. Kap. 25 ab fehlt. Fleck. Sehr selt. Ausg.
329 — Tehillim, die Psalmen mit jüd.-span. Uebers. Konstnantiopel 1836. Hldr. Fleckig.
330 — dasselbe. Wien 1822. Pp.
331 — Tehillim, die Psalmen, mit Comment. v. Kimchi. Neapel 1487. fol. Ldr. Wurmstichig u. fleckig, Titelbl. u. ein. Bl. z. Anf. (b. Psalm 22) fehlen.
332 — Psalmen, hebr., mit Raschi und jüd.-deutsch. Uebers. 12. Amst. 1699. Holzbd. m. Schl. Etwas wurmstichig.
333 — Psalmen, hebr. mit jüd.-deutsch. Uebers. 12. Amst. 1767. Ldr.
334 — Semirot Iisrael, die Psalmen mit der Uebersetzung Mendelssohns und ausführlichen hebr. Commentar. Offenbach 1804. Hldr.
335 — Semirot Jisrael. die Psalmen mit 4 hebr. Comment. unt mit deutscher Ueber. v. Mendelssohn. 3 Bde. Fürth 1804/5. Lwd.
336 — Sefer Tehillim, die Psalmen m. Comment. v. Raschi, Alscheich u. Ausz. aus d. Sohar. Kopust 1818. Hldr. Gebraucht.
337 — Sefer Tehillim, die Psalmen m. Uebers. v. Lelio della Torre. I. Bd. Wien 1845. Pp.
338 — Sefer Tehillim, Psalmen mit hebr. Comment. Königsberg 1845.
339 — Sefer Tehillim, die Psalmen mit jüd.-deutsch. Uebers. Berlin 1866.
340 — Sefer Tehillim, die Psalmen mit hebr. Comment. und jüd.-dsutsch. Uebers. Wilna 1869.
341 — Psalmen, mit zwei hebr. Comment., fol. Ldr. Fleckig, mehrere Blätter stark beschädigt, d. Titelbl. fehlt.
342 — Mischlé, die Sprüche Salomonis mit hebr. Comment. u. deutsch. Uebers. v. M. E. Stern. Wien 1854.
343 — Sefer Jjob, das Buch Hiob m. hebr. Comment. und deutscher Uebersetzung. Prag 1835.
344 — Chamesch Megillot, die 5 Megillot mit Raschi und jüd.-span. Uebers. Konstant. 1813. 4. Ldr. 1 Bl. defect.
345 — Megillat Kohelet, das Buch Kohelet mit hebr. Comment. und deutscher Uebers. Wien 1847.
346 **Bikkuré ha-Ittim,** hebr. Jahrb. für Poesie n. jüd. Wissenschaft. Jahrg. 1—6, 8—9, 11—12. Wien 1820/31. Geb. u. broch.
347 **Bikkure Toëlet,** Sammlung von Gedichten, Briefen u. s. w. von der Gesellschaft Toelet in Amsterdam, 1830. Pp.
348 **Bikkurim,** Jahrb. für Freunde d. hebr. Spr. und Literat., von N. Keller. 2. Jahrg. Wien 1865.
349 **Binjamin Seb b. Salomo,** Ben Jemini, Erklärungen zu Ibn Esra's Comment. über den Pentateuch. Wien 1823. Hldr.

350 **Binjan Jeruschalajim**, Auszug aus dem jerusalemischen Talm. m. Commentar. o. O. 1862. 4.
351 **Birchat ha Mazon**, Sammlung von Gebeten, Pijutim, Ritualien u. s. w. mit Illustr. Hebr. und jüd.-deutsch. Amsterd. 1723. 4. Hldr. Fleckig.
352 **Bisstritz**, M. K., Zijun le-Sichron Olam, Mannheimer-Album, wissenschaftliche Abhandlungen, Gedichte u. s. w. hebräisch und deutsch. Wien 1864.
353 **Blitz**, Jekut., jüd.-deutsche Ausg. der Bibel. Amsterdam 1676/79. fol. Holzbd. Einige Bl. etw. braunfl.
354 **Bloch**, Ch., Mebô ha-Talmud. Einleitung zum Talmud. 1. Th. Berl. 1353.
355 **Bock**, Reschit ha-Limmud, israelit. Kinderfreund. Berl. 1812.
356 **Böttcher**, J. Fr., hebr. Uebungsbuch. 1. Thl. Dresd. 1826. Pp.
357 **Bril**, J., Jên Lebanon, 3 manuscrits inédits. Paris 1866.
358 **Broda**, A., Halichot Olam, ,Ritualien, deutsch mit hebräischen Lettern. Unghvar 1866.
359 **Brück**, S., Chakirat ha-Emet Miscellaneen. Altona 1838.
360 **Buchner**, A. Ozar Leschon ha-kodesch, Grammat. und Wörterb. d. hebr. Spr. Warschau 1829. Hldr.
361 **Büdinger**, M., Em la-Mikra, Lehrbuch der hebräischen Sprache. Metz 1816. Hlwd.
362 **Campe's** Robinson, jüd.-deutsch. Lemberg 1851. Pp.
363 **Chabillo**, E., Hamon Chogeg, Comment. üb. d. Pesach-Haggada, m. Text. Livorno 1794. 4. Hldr. Unbed. fleckig.
364 **Chajes**, Iggeret Bikkoret, Beitrag zur histor. Kritik d. Targumim u. Midraschim. Pressb. 1853.
365 **Chajjim b. David**, Sefer Chemed Elohim, Samml. v. Lesestücken für das Sukkotfest. Belgrad 1841. 12. Pp. Einige Bl. unbed. wasserfl.
366 **Chefez**, Gers. Jad Charusim, hebr. Reimwörterb. Venedig 1700 (?). Hldr. Etw. fleckig.
367 **Cheschek Schelomo**, Erklärung aller schweren Wörter d. h. Schrift, hebr. u. jüd.-span. Venedig 1622. 4. Ldr. Etw. wurmstichig.
368 **Chobat Halebaboth**. (Pflichten d. Herzens). Hebr. Wien 1822.
369 **Chochmat Jisrael**, gesammelte Schriften. 3 Hefte, enthalten: Prüfung d. Welt" mit Comment. von Jed. Bedarschi; die acht ethischen Kapitel des Maimonides; ethische Sentenzen. Warschau 1864.
370 **Chok l'Israel**, die 613 Ge- und Verbote, mit hebr. Erklär. und jüdisch-deutsch. Uebers. Prag 1796. 4. Hlwd.
371 **Chok le-Jisrael**, die 613 Ge- und Verbote mit deutsch. Erklär. Presburg 1859. Hldr.
372 **Chotsch**, H., Nachalat Zebi, jüd.-deutsch. Comment. üb. den Pentateuch. Frankf. a/M. 1711. fol. Hldr. 3 Bl. ausgebessert.
373 **Chukké Chajjim**, hebr. Grammatik. Titelbl. fehlt. 1796 (?) 4. Hldr.
374 **Coen**, A., Ruach chadascha, üb. d. hebr. Poetik. Reggio 1822.
375 — Safa achat, Erklärung der Verba in der Mischna, alfabet. geordn. hebr. und ital. Reggio 1822.
376 **Conforte**, Kore ha-Dorot, jüd. Chronik und Literaturgesch. Lemb. 1845.
377 **Coronel**, N., Beth Nathan, lectiones variae trachtatus Berachoth. 4. Wien 1854.
378 **Danzig**, A., Binat Adam, rituelle Gutachten und Novellen. Leipzig 1857. Hlwd.
379 — Chajjé Adam, die Vorschriften des Ritualcodex Orach Chajjim. Jüdisch-deutsch. Wilna 1868.
380 — Chochmat Adam, die Ritualvorschriften des Ritualcodex Jore Dea. Leipzig 1856. Hldr.
381 — dasselbe. Stettin 1863. Hldr. 616 S.
382 **Dikduk Leschon ha-Kodesch**, hebr. Grammat. jüd.-span. Smyrna 1852. Ldr.
383 **Dikdukim**, sieben grammatische Schriften. 1 von Mos. Kimchi, 1 von ein. Ungen., 2 von Abr. Ibn Esra, 1 von El. Levita, 2 von Mos. Ibn Chabib. Venedig 1546. Ldr. Sehr selten.

384 **Dubno**, Sal., Tikkum Soferim, masoretischer Comment. über den Pentateuch o. O. Hlwd.
385 **Dukes**, L., Kobez al Jad, Proben lexikal., synon. und grammat. Inhalts. 1. Heft. Esslingen 1846.
386 — Nachal Kedumim, Biographien und Proben spanisch-jüdischer Poesie. Hannover 1853. Cart.
387 **Duran**, Sim., Chiddusché Halachot, Bemerkungen über Tr. Ketubet u. Gittin. Fürth 1779. fol. Hldr. Unbed. wasserfl.
388 **Edeles** S. E., Chiddusché Agadet über die Haggada's in Talmud. Frankf. a. M. 1682. fol. Holzbd. Mehrere Bl. am weissen Rande wasserfl.
389 **Edelman**, H., Dibré Chefez, extracts from various unprinted works of eminent Hebrew authors. 1. Th. London 1853.
390 — Chemda genusa, Samml. von wissensch. Abhandl. ält. jüd. Gelehrten. Königsb. 1856.
391 **Ehrenkranz-Zbarzer**, Makel Noam, Volkslieder in polnisch-jüd. Mundart m. hebr. Uebers. 1. Heft. Wien, 1865.
392 **Elijah ha-Kohen**, Schebet Musar, Moral und Asketik, jüd.-deutsch. Dyrhenfurt 1786. 4. Pp. Scharf beschnitten, unbed. wasserfl.
393 **Elijakim b. Jakob**, Melammed Siach, hebr.-jüd.-deutsch. Wörterb. zum Pentateuch und den 5 Megillot. Fürth 1726. 12. Ldr.
394 **Elijja b. Salomo-Abraham**, Schebet Musar, jüd.-span. 2 Theile. Smyrna 1860. 4. Hldr. Im 2. Bde. 4 S. fleckig.
395 **Elijja ha-Kohen**, Ené ha-Eda, Commentar zu den 5 Büchern Mosis, Ester, 4 Megillot, Mischle, Hiob u. Daniel. Smyrna 1869. fol. Hldr.
396 **Engländer**, G. H., Emuna l'Ischené Afar, Betrachtungen auf dem Friedhof, hebr. und deutsch. Wien 1861. Hldr.
397 **Epstein**, J., Mirjam, Geschichte der Hasmonäerin Mariamne. Wilna 1863.
398 **Euchel**, J., Toledet, Biographie Moses Mendelssohns. Wien 1814. Hldr.
399 **Ez Chajjim**, über Moral und Askese, jüdisch-deutsch. Wilna 1865.
400 — dasselbe. Ebd. 1866.
401 **Fagius**, P., Sefer ha-Emuna, Apologie des Christenthums, hebr. und lat. Isny 1542. 4. Prgmt.
402 **Finn**, Kirjah neemanah, üb. Wilna u. dessen berühmte Männer. Wilna 1860.
403 — Nidche Jisrael, jüd. Geschichte seit d. Zerst. d. 2. Tempels. 1. Th. Wilna 1851.
404 **Firkowitsch**, A., Masa u-Meriba, Polemik gegen den Talmud u. das talmud. Judenth. Kosloff 1838.
405 **Fränk**, B., Machane Lewi, die 10 Gebote, erläutert durch Auszüge aus d. Talmud u. Midrasch. Deutsch. Prag 1827.
406 **Fränkel**, J. S., Ketubim acharonim, die apokryph. Bücher, hebr. Warschau 1863.
407 **Fränkel**, S., Zijon le Doresch, alphabetisches Verzeichniss aller Haggada's, Sprüche u. s. w. in den Talmuden. Krotoschin 1858.
408 **Frankfurter**, Jos., Torat Josef, Commentar üb. die Masora z. Pentateuch. Wilhemsdorf 1625. fol. Hldr.
409 **Frankl**, L. A., Jeruschalema. Nach Jerusalem! Reise in Griechenl., Kleinasien, Spanien, Palästina, ins Hebr. übertr., von M. E. Stern. Wien 1860.
410 — Mi-Mizrajim „aus Aegypten", Reisebeschreibung, ins Hebr. übertr., von Gottlober. Wien 1862.
411 **Freund**, S., Et lechennena, Erklär. u. Novellen z. Mischna-Ordnung Mo'ed. 4. Prag 1850.
412 — Sera Kodesch, üb. die Mischna-Ordnung Seraim. 4. Prag 1827.
413 **Friedländer**, D., Gebete der Juden, deutsch mit hebr. Lettern. 2 Thle. Berl. 1786. Hldr.
414 **Gans**, D., jüdische Chronik. Frankf. a. M. 1788. 4. Ldr. Wasserfl., Titelbl. u. die 4 letzten Bl. defect.
415 **Gedalja-Mose**, Maasé ha-Schem, biblische Geschichte hebr. u. deutsch. 2 Thle. Hamb. u. Rödelh. 1808/9.
416 **Geiger**, A., Melo Chofnajim, Sammlung ungedruckter Schriften, hebr. u. deutsch. Berlin 1840.

417 **Ginzburg,** M. A., Chamat Dameschek, Geschichte d. damasc. Blutprocesses (1840?). o. O. Lwd.
418 — Debir, hebr. Briefsteller. Wilna 1862.
419 — Debir, hebr. Aufsätze u. Briefe vermischten Inhalts. Wilna 1864. Pp.
420 — Ittoté Rusia, kurzer Abriss der russischen Geschichte biz auf die Gegenwart. Wilna 1839. Hldr.
421 **Girondi,** Toledot, Biographien berühmter Israeliten. Triest 1858.
422 **Goldberg,** B., Chofes Matmonim, anecdota rabbinica. Berl. 1845.
423 **Goldstein,** H., Lahakat ha-Schodedim, Schauspiel. Warschau 1858.
424 **Gordon,** J. L., Ahabat David u-Michal, David u. Michal, Gedicht. Wilna 1856. Hldr.
425 — Mischlé Jehuda, fables hébraiques. Wilna 1860.
426 **Goethes** Hermann u. Dorothea, hebr. von M. Rothberg. Warschau 1857.
427 **Gurland,** J., Ginsé Jisrael, neue Denkmäler der jüd. Literat. in St. Petersburg. 1. Thl. Lyck 1815.
428 **Ha-Karmel,** Zeitschrift in hebr. u. russischer Spr., red. von S. J. Finn. 1. Jahrg. (1860—61.) Nr. 1—50. gr. 4. Hldr.
429 **Ha-Kochabim,** Monatsschrift für hebr. Sprache u. Literat., herausgeg. v. J. M. Wohlmann. 1. Th. Wilna 1865.
430 **Ha-Lebanon,** Zeitschrift „Libanon", herausgeg. von J. Brill. Jahrg. II (24 Nrn.), IV (24 Nrn.). V, VI. Paris 1865/69.
431 **Ha-Magid,** hebr. Zeitschrift, red. v. E. Silbermann. Jahrg. 2, 3, 12. Lyck 1858—68. fol.
432 **Ha-Meassef,** hebr. Monatsschrift für Poesie u. jüd. Wissensch. Jahrg. 5—7. Königsb. u. Berlin 1788—90. Pp. u. broch.
433 **Ha-Meliz,** hebr. Zeitschrift, red. v. A. Zederbaum. 1. Jahrg. (1861) Nr. 1—50, 8. Jahrg. (1868) Nr. 1—51. Odessa. fol.
434 **Ha-Zefira,** hebr. Zeitschrift, red. von Ch. S. Slonimsky. Jahrg. 1. (1862.) Nr. 1—25. Warschau.
435 **Hadassi,** J., Eschkol ha-Kofer, die karäischen Gebote u. Polemik gegen den Rabbinismus, in alfabetisch-akrostichischen Reimstrophen. Kosloff 1836. fol. Hfrz. Das Titelbl. etw. fleckig.
436 **Hannover,** N., Safa berura, Wörterbuch d. hebr. Sprache mit Gegenüberstell. der deutsch., franz., ital. u. lat. Wörter. Amst. 1701. 4. Lwd. Nicht ganz rein, Titel aufgezogen.
437 **Hechim,** M., Safa berura, hebr. Grammatik. Fürth 1790. 4. Hldr.
438 **Heidenheim,** W., Mischpeté ha Ta'amim, üb. die hebr. Accente. Rödelh. 1808. Pp.
439 **Heilberg,** S., Nit'é Naamanim, Sammlung aus alten Handschriften mit deutschen Erläuter. Breslau 1847.
440 **Heilprin,** Mos., Minhagim, rituelle Gebräuche für das ganze Jahr, mit Illustrat., jüd.-deutsch. Amsterdam 1663. 4. Hpgt.
441 **Hena,** S., Zohar ha-Teba, hebr. Grammatik. Wilna 1820. Hldr.
442 — Binian Schelomo, hebr. Grammatik. Frankf. a. M. 1724. 4. Ldr.
443 **Hirsch b. Jose,** Nachalat Zebi, Auszüge aus dem Sohar, jüd.-deutsch. Dhyrhenfurt 1772. fol. Hldr. Etw. scharf beschnitten.
444 **Hirsch Lewi,** Neta Scha'aschuim, Sittenlehren, hebr. u. deutsch. Offenbach 1832.
445 **Hirschfeld,** J., Lekitat Josef, Samml. gleichlautender hebr. Wörter von verschieden. Bedeut. Hebr.-deutsch. Wien 1825. 4.
446 **Holdheim,** Sam., Maamar ha-Ischut, die Ehe nach rabbinischen und karäischen Grundsätzen. Berlin 1861.
447 **Homberg,** H., Ben Jakkir, Glaubenswahrheiten und Sittenlehren, jüdisch-deutsch. Wien 1820. Pp.
448 — Imre Schefer, religiöses u. moral. Lehrbuch, hebr. u. deutsch. Wien 1808. Ldr.
449 **Horwitz,** M., Paraschat Mardochai, Ritualien, jüd.-deutsch. 2. Th. Gedullat Mardochai, Novellen. Ungvar 1866.

450 **Hurwitz,** El.-Pinch. Sefer ha-Berit, 1. Th. Naturlehre und Philosophie, jüd.-span. Mit Wiener Typen gedr. 1847. 4. Hldr.
451 — dasselbe. Ohne Titel.
452 **Jacob b. Ascher,** Kizzur Piske ha-Raasch, Compendium der Decisionen sein. Vaters Ascher. Konstantinopel 1626 (?). fol. Etw. fleckig, d. 1. Bl. beschädigt.
453 **Jakob b. Isaak,** Meliz Joscher, jüd.-deutsch. Midrasch über den Pentateuch. Amsterd. 1688. fol. Ldr. Einbd. beschäd.
454 — Ze'enah u-re'enah, jüd.-deutsch. Midrasch über den Pentat., die 5 Megill. u. die Haftar. Sulzbach 1809. 4. Hldr.
455 — dasselbe. 2 Thle. Wilna 1863. Hlwd. Schönes Explr.
456 — dasselbe. Warschau 1867. 4.
457 — dasselbe. Slawita . . . 4. Hldr.
458 **Jakob ha-Lewi,** Sche'elot u-Teschubot, rituelle Gutachten. Hanau 1610. 4. Pp. 2 S. fleckig.
459 **Ibn Chabib.** M., Darké noam, hebräische Metrik. Rödelh. 1806. Hldr.
460 **Ibn Chasdai,** A., Ben ha-Melech weha-Nasir, „der Prinz u. der Derwisch", Roman in der Form der Makamen, mit jüd.-deutsch. Uebers. Frankf. a. M. 1769. Hpgt.
461 **Ibn Esra,** A., Sefat jeter, Beleuchtung dunkler Bibelstellen Pressburg 1630.
462 — Sefer Môzené Leschon ha-Kodesch, Formenlehre der hebr. Gramm. Venedig 1546.
463 — dasselbe. Offenb. 1791. Cart.
464 — Sefer Zachot, krit. Forsch. üb. Gegenst. der hebr. Grammat. Venedig 1546.
465 — dasselbe m. Comm. von G. H. Lippmann. Fürth 1827. Hldr.
466 **Ibn Gabirol,** Mibchar ha-Peninim, ethische Sprüche m. hebr. Comment. u. deutsch. Uebers., v. Adam. Hamb. . . . .
467 — Sefer Schiré ha-Schirim, Liedersammlung, mit Erläuter. u. krit. Anmerk., von Senior Sachs. 1. Thl. Paris 1868.
468 **Ibn Jachja,** Dav., Leschon Limmudim, hebr. Grammat., nebst Anh. üb. die hebr. Poetik u. Metrik. Konstantinop. 1542. Pp. Einige Bl. etw. wasserfl.
469 — dasselbe. Hldr. Einige Bl. unbed. fleckig.
470 **Ibn Melech,** Sal., Michlal Jofi, grammat. Scholien üb. die sämmtl. Büch. d. alt. Testam. Konstantinop. 1553. fol. Hldr. Unbed. fleckig u. wurmst.
471 — dasselbe. Amsterdam 1684. fol. Holzbd. m. Schliessen. Unbed. wasserfl. u. wurmst.
472 **Ibn Palaquera,** Sch.-T., More ha-More, Commentar und Scholien zum More Nebuchim des Maimonides. Pressburg 1837. Pp.
473 **Ibn Parchon,** S., Machberet ha-Aruch, lexicon hebraicum. Pressburg 1844. 4. Hlwd.
474 **Ibn Verga,** Sal., Schebet Jehuda, Leidensgeschichte der Juden, jüd.-span. Beigeb. Bet Tefilla, v. Elies. Papo. Belgrad 1859—60. Hldr.
475 **Jechiel b. Jekutiel,** Maalot ha-Middot, Sittenbuch, jüd.-span. Konstantinop. 1824. Ldr. Unbed. wasserfleckig.
476 **Jechiel Heilprin,** Seder ha-Dorot, jüd. Chronologie u. Gelehrtengeschichte. (Druckort nicht angegeben.) Hlwd.
477 **Jedaja b. Abr. Bedarschi** (ha-Penini), Bechinat Olam, Betracht. üb. die Eitelkeiten d. Welt. M. deutscher Uebers. Berl. 1838.
478 **Jedaja Penini** (?), Mibchar ha-Peninim, ethische Sentenzen, mit hebr. Anmerk. u. jüdisch-deutsch. Uebers. Wilna 1865.
479 **Jehuda b. David,** Scheresch Jehuda, hebr. Grammatik. Frankf. a. M. 1643. 4. Hldr.
480 — dasselbe. Ldr. 4 Bl. etw. fleckig u. beschädigt.
481 **Jehuda b. Jakob,** Sefer Ta'ame ha-Masora, über die Masern. Amsterd. 1838. 4. Hpgt.
482 **Jehuda ha-Lewi,** Sefer ha-Kusari, jüd. Religionsphilosophie, mit hebr. Anmerk. von Sluzki. Warschau 1816.
483 — dasselbe, m. Comment. Moscato's. Szitomir 1866.
484 — Divan. Lyck 1864.

485 **Jehuda Löb,** Schiré Ne'imot, Adam und Eva im Paradiese, hebr. Drama mit deutsch. Uebers. Bresl. 1816. Hldr.
486 **Jehuda b. Salomo,** Sefer Chajjim, Derascha's. Belgrad 1856.
487 **Jeruschalajim,** literarische Aufsätze, gesammelt und herausgeg., von A. Mohr u. J. Bodek. Th. 1—3. Prag 1844—45. Pp.
488 **Jisrael,** Millin de-Rabbanan, talmud. Sprichwörter. (o. O. u. J.) 12.
489 **Jizchak ben Arama,** Jad-Awschalom. Hebr. Neu hrsg. v. E. Freimann. Lpz. 1859. (2½ M.)
490 **Jizchak b. Sch. ha-Levi,** Siach Jizchak, hebr. Grammatik. 4. Prag 1627. Hpgt.
491 **Jizchak b. Zebi,** Schoresch Jescha, hebr. Wörterbuch. Frankf. a. O. 1768. fol.
492 **Jizchaki,** Sal., Perusch Raschi, Comment. üb. den Pentateuch u. die 5 Megillot. Venedig 1591. Hldr. Unbed. wasserfl. u. wurmst. 4 Bl. ausgebessert, d. Titelbl. handschriftl. ergänzt.
493 **Immanuel b. Salomo,** Perusch al Mischlé, ausführlicher Commentar üb. die Sprüche Salomonis. Neapel 1486 (?). fol. Ldr. Aeusserst seltenes Werk, jedoch wasserfl. u. wurmstichig, 3 Bl. beschädigt, d. Titel fehlt.
494 **Josef b. David,** Sefer Mebin Chidet, Comment. üb. die Masora zum Pentateuch. Amsterdam 1765. 4. Hlwd. Einige S. etw. wasserfl.
495 **Josef b. Gorion,** der jüd. Josephus, jüd.-deutsch. — Titelbl. fehlt. Ldr.
496 — jüd. Josephus, jüd.-deutsch. Amsterd. 1771. Hldr.
497 — jüd. Josephus nebst Scheerit Jisrael, Fortsetzung u. Ergänz. desselben. Jüd.-deutsch. Fürth 1773. 4. Hldr. Fleckig u. scharf beschnitten, d. Titelbl. ausgebessert.
498 — jüd. Geschichte in jüd.-deutscher Sprache. Amst. 1850. Pp.
499 **Josef b. Josua,** Dibré ha-Jamim, Geschichte der Kriege zwischen den Franzosen u. den Türken, Leidensgesch. der Juden bis zu dem Jahr 1553 u. s. w. Amsterdam 1733. 12. Pgt.
500 **Josef b. Zebi,** Gelilé Chesef, haggad. Novellen. Wilna 1860. Hldr.
501 **Josephi,** Fl., Archäologie. 1. Th., ins Hebr. übertr., von K. Schulmann. 2 Hefte. Wilna 1864.
502 — de bell. jud., ins Hebräische übers. von Schulmann. 8 Hefte. Wilna 1861—63.
503 — **Toledot Josef,** Fl. Josephi vita, hebr. v. Schulmann. Wilna 1859.
504 **Isaak b. Abraham,** Chis'suk Emuna, Apol. d. Judenth. u. Polem. geg. d. Christenth., jüd.-span. Hldr. Das Titelbl. fehlt.
505 **Jsaak b. Salomo** (Karäer), Pinnat jikrat, die Sabbatgesetze; Brief del Medigo's u. s. w. 4. Kosloff 1834. Cart.
506 **Isaak-Moses,** Sefer ha-Scharaschim, hebr.-deutsches Wörterbuch. Berlin 1787. fol. Pp. Nicht gut gehalten.
507 **Isak b. Abraham Ibn Latif,** kabbalist. Weltanschauung. Wien 1860. Pp.
508 **Israel b. Chajjim,** Ozar ha-Chajjim, Lehrb. der hebr. Sprache, hebr. u. jüd.-span. Wien 1823. Ldr.
509 **Israel-Wilednik,** Scheerit Iisrael. Novellen. 4. Szitomir 1867.
510 **Isserles,** Mos., Darké Mosche, Comment. über den Ritualcodex Orach Chajjim. Fürth 1760. fol. Einige S. etw. fleckig.
511 **Kadisch,** Ozar ha-Chajjim, die 613 Ge- und Verbote mit deutsch. Uebers. u. hebr. Anmerk. Prag 1832. Pp.
512 **Kalimany,** Dikduk Leschon Eber, hebr. Grammatik. Wilna 1852.
513 **Kalonymos b. Kalonymos,** Eben bochen, Sittenspiegel über die Gebrechen der Zeit, mit jüd.-deutsch. Uebers. von M. Eisenstadt. Sulzbach o. J. 4. Hlwd. Titelbl. fehlt, scharf beschnitten.
514 — Iggeret Baalé Chajjim, Thierfabelbuch nach dem Arabisch., jüd.-span. Salanik 1867. Hldr.
515 **Kandia,** J., Toledat Mosche, hebr. Drama. Warschau 1829. Hldr.
516 **Kaplan,** J., Erez Kedumim, alfabetisches Wörterbuch für bibl. Geographie mit einer Karte. Wilna 1839. Hlwd.
517 **Karo,** Jos., Schulchan Aruch, Ritualcodex Jore De'a mit Comment. Stettin 1864. Hlwd. 640 S.

518 **Karo,** Jos., Sefer Maginné Erez, das Ritualcodex Orach Chajjim mit Commentaren. Dyrhenfurt 1763. fol. Ldr. D. Titelbl. u. d. 2 ersten Bl. ausgebessert.
519 **Kasas,** J., Le-Regel ha-Jeladim, Lehrb. d. hebr. Spr. nebst Wörterb. mit türk. Uebers. 2 Bände. Odessa 1869.
520 **Katzenellenbogen,** M., Alfa Beta, Sach- und Namenregister zum Talmud. I. Thl. Frankf. 1855.
521 **Kaudenower,** A. S., Kab ha-Jaschar, über Moral und Askese. mit jüd.-deutsch. Uebers. Sulzbach 1805. 4. Hldr.
522 **Kaziu,** Raf. b. El., Likkuté Amarim, „Religionsdisput.", Polemik gegen das Christenth. u. Apol. d. Judenth. Smyrna 1808. 12. Hlwd.
523 **Kerem chemed,** Briefe und Abhandlungen über jüd. Literat. Bd. 2—7, herausgegeb. v. S. L. Goldenberg, Bd. 8—9 v. S. Sachs. Wien 1831. Prag 1838—43, Berlin 1854—56. Hlwd.
524 **Kerner,** M., Rischpé Keschet, Darstellung der Leiden des Jahres 1830, Novellen u. s. w. Hannover 1831.
525 **Keslin,** Ch., Maslul, hebr. Grammatik. Hamburg 1788. Pp.
526 **Kestin,** B., Meluchat Isebel, „Frauenkrieg in Böhmen", ein histor. Ereigniss aus dem Jahre 731 nach Chr. Wilna 1866.
527 **Kimchi,** Dav., Comment. zur Genesis nach ein. Manuscr. in der Bibliotheque royale zu Paris. Pressburg 1842.
528 — Michlol, hebr. Grammatik, mit Zusätzen von El. Levita, und einem hebr. Comment. Lyck 1842.
529 — Et Sefer, Grammatisches. Lyck 1864.
530 — Comment. üb. die erst. Prophet. (Josua, Richt., die beid. Samuel und Kön.) zusammen mit dem Bibeltexte. Soncino 1486. fol. Ldr. Aeltester sehr seltener hebr. Bibeldruck, leid. moderfleckig. Das 1. u. letzte Bl. defect, d. Umschlag beschädigt.
531 — Sefer Michlol, hebr. Grammatik. Konstantinopel 1530. Seltene Ausgabe. Beigeb. Sefer ha-Scharaschim, hebr. Wörterbuch, v. Dav. Kimchi. Venedig, Bombergo, 1529. Sehr selt. Ausgabe. fol. Ldr. Etw. wurmstichig u. wasserfl.
532 — Sefer Michlol, hebr. Grammatik. Venedig 1545. Ldr.
533 — dasselbe, m. lat. Uebers., v. Agat. Guidacier. Paris 1540. Pp.
534 — Sefer ha-Scharaschim, hebr. Wörterbuch. Neapel 1491. fol. Ldr. Einbd. lose, am Anfang fehlen einige Bl.
535 — dasselbe. Konstantinop., 1513. fol. Etw. fleckig, d. Titelbl. fehlt, 1 Bl. defect.
536 **Kimchi,** Mos., Mahalach, hebr. Grammatik. Mantua 1578. Cart. einige S. unbed. fleckig u. wurmstichig.
537 — dasselbe. Venedig 1624. Cart. Wasserfleckig.
538 — Mahalach Schebilé ha-Daat, i. e. Mosis Kimchi ὁδοιπορία ad scientiam, c. exposit. Doctor. Eliae. Item introductio D. Binjamin F. D. Judae, annotationib. illustr. C. L'Empereur. Beigef. Don Jizchak Abravanel we-Rab. Mosche Alscheich, D. Isaci Abrabanielis et R. Mosis Alschechi Comment. in Esaiae Prophetiam 30, cum additamento eorum quae R. Simon e veterum dictis collegit. Aut. Const. L'Empereur. Leyden 1631. Pgt.
539 **Kinot,** National-Elegien am 9. Ab, mit jüdisch-deutscher Uebersetzung. Metz 1768. Einige Bl. beschäd., einige stark beschnitten.
540 **Kirchheim,** R. Karmé Schomeron, introductio in librum Talmudicum „de Samaritanis". Frcf. 1851.
541 **Kirja Neemana,** das Buch Esra mit hebr. Comment. und deutsch. Uebersetzung, von H. Schwabacher und D. Ottensoser. o. O. 1818. Hldr.
542 **Kizur ha-Dikduk,** Grammat. der hebr. Spr. Wilna 1854. Hldr.
543 **Kobez Deruschim,** Sammlung hebräischer Vorträge. Wilna 1864.
544 **Kochbé Jizchak,** Samml. hebr. Aufsätze, literarhist., philolog. exeget. u. poetischen Inhalts, herausgegeb. v. M. E. Stern. 32 Hefte in 4 Bdn. Wien 1847/65. Hldr.

545 **Kohen,** E., Schebet Musar, Handbuch der Moral u. Askese, mit jüd.-deutsch. Uebers. 4. Amst. 1732. Pgt. Etw. wasserfl., Umschlag lose.
546 **Kohen,** M., Sifte Kohen, Commentar über den Pentateuch. Wandsbeck 1690. fol. Hldr. Wasserfl.
547 **Kohen,** S. Amal we-Tirza, allegor. Drama. Rödelh. 1812.
548 — Kore ha-Dorot, Gesch. des jüd. Volkes von den Zeiten der Makkab. bis auf die Jetztzeit. 1. Bd. Warschau 1838.
549 — Schorsché Emuna, Religionslesebuch, hebr. und englisch. London 1815. Hldr.
550 **Koidenower,** Z. H., Kab ha-jaschar, Moral und Asketik, mit jüd.-deutsch. Uebers. 4. Frankf. a. M. 1705. Pp. Von einigen Bl. d. untere Rand beschäd., wasserfl., d. obere Rand stark beschnitten.
551 — dasselbe, mit jüd.-deutsch. Uebers. 4. Sulzbach 1805. 2 Bl. unbed. beschädigt.
552 — dasselbe, mit jüd.-deutsch. Uebers. 4. Wilna 1864.
553 — dasselbe, jüd.-span. Konstantinop. 1857. Hldr.
554 **Kol Mebasser,** jüd.-deutsche Zeitschrift, redg. v. A. Zederbaum. Jahrg. 3—5, 8. Odessa 1862/68. fol.
555 **Koli,** Jak., Sefer me-Am loës, jüd.-span. Midrasch üb. das 1. Buch Mosis. Smyrna 1864. fol. Hldr.
556 — Sefer me-Am loës, jüd.-span. Midrasch üb. das 2. Buch Mosis. 2 Theile. Smyrna 1864—65. fol. Hldr.
557 **Konelski,** M., Irah u-Sebadiuh, Novelle. Odessa 1867.
558 **Kowner,** A. A., Zeror Perachim, Kritiken üb. die hebr. Literat. der Gegenwart. Odessa 1868.
559 **Kowner,** J., Ha-Ereb, über Werth u. Bedeut. der Poesie. Warschau 1868.
560 **Kremsier,** Mard., Ketoret ha-Sammim, Comment. über das Targum Jonatan und Jeruschalmi z. Pentateuch, zus. mit den Targumim und dem Bibeltexte. Amsterdam 1673. fol. Hldr. Am Rande scharf beschnitten.
561 **Krispia,** Berech., Mischlé Schualim, Fabelbuch, mit jüd.-deutsch. Uebers. Prag 1767. 4. Pergmt.
562 **Kronik,** M., Jemin Mosche, Vorträge und Abhandlungen. Breslau 1824. 4. Pp.
563 **Kunitz,** M., Ma'asé Chachamim, Biographie des R. Jeh. ha-Nasi, in Prosa und dramatisch. Wien 1805. Pp.
564 **Lampronti,** J., Pachad Jizchak, ausführl. rabbin. Realwörterb., Halachisches u. Agadisch., Methodologisch. u. Archäologisch. in einzeln. Artik. bearb. 4 Bände, Buchst. א — ק. fol. Venedig 1750/1798, Reggio 1813. Hldr
565 — dasselbe. 4 Bände (6 Hefte), Buchst. א und Buchst. נ — ע. Lyck 1864/68.
566 **Landau,** J., Noda bjhuda, Rechtsgutachten, geordn. nach den 4 Ritualcodd. Prag 1776. fol. Einige S. etw. wasserfl.
567 **Landau,** M. J., Marpe Laschon, histor.-kritische Erläuter. sämmtl. in den Comment. Raschi's oder auch in anderen zum Talmud vorkommenden romanischen Wörter. Odessa 1865.
568 **Landshuth,** L., Amudé ha-Aboda, onomasticon auctorum hymnorum hebraeorum eorumque carminum, cum notis biographicis et bibliographicis. Fasc. I. Berl. 1857.
569 **Lañado,** Abr., Nekuddot ha-Kesef, Comment. üb. das hohe Lied, zus. mit dem Texte, Targ., Raschi u. span. Uebers. Venedig 1619. 4. Cart. Wurmst.
570 **Lebensohn,** A. B., Biurim chadaschim, 1. Th.: Erläuterungen zu Jeremia, Ezechiel und d. 12 kleinen Propheten. Wilna 1858.
571 **Leb tob,** Ritualien. Jüd.-deutsch. Amsterd. 1706. fol. Holzbd.
572 **Leeser,** H. Halichot Leschon ha-Kodesch, hebr. Lehr- und Uebungsbuch. Hebr. und deutsch. 1. Kurs. Coesfeld 1848.
573 **Letteris,** Ben-Abujah, Goethes Faust in hebr. Umdichtung. Wien 1865. Pp.
574 — Leschon ha-Sahab, hebr. Sprachlehre. Wien 1853. Hlwd.
575 — Michtabé Bené Kedem, hebr.-deutscher Briefsteller. Wien 1866.

576 **Levinsohn,** J., Jediat Gelilot ha-Arez, hebräische Geographie. I. Thl. Russland. Wilna 1868.
577 **Levinsohn,** J. B. Efes Damim, Polemik gegen die Blutanklage. Wilna 1864.
578 — Schorché Lebanon, Abhandlungen über lexikalische, historische und literarhistor. Gegenstände Wilna 1841. Hldr.
579 — Teüda be-Iisrael, über das Studium der Wissensch. bei den Juden. Wilna 1855.
580 **Levita,** Elias, Masoret ha-Masoret, über die Masora. Sulzbach 1761. Pp.
581 — Pirke Elijahu, gramm. Abhandl.. Venedig 1546. Hpgt.
582 — dasselbe, mit lat. Uebers., v. S. Münster. Basel 1527. Pgmt.
583 — Sefer ha-Bachur, hebr. Grammatik. Mantua 1556. Pgt.
584 — Sefer ha-Harkabah, üb. schwier. hebr. Wörter.. Beigef. desselben Pirké Elijahu, und Marpe Laschon nebst Darké Noam (hebr. Metrik) von Mos. Ibn Chabib. Venedig 1546. Hldr. Einige Bl. unbed. wasserfl.
585 — Sefer ha-Tischbi, Erklärung von 712 Wörtern aus der jüd. Literat. Basel 1601. 4. Pgt. Einige S. etw. fleckig.
586 — dasselbe. Grodno 1805. 4. Hlwd. Einige Bl. fleckig, einige leicht beschäd.
587 — dasselbe. Czernowitz 1855. Pp.
588 — Sefer Masoret ha-Masoret. Venedig 1546. 4. Pp. Etw. fleckig.
589 — Tub Ta'am, über die hebr. Accente. Dyrhenfurt 1743. Cart.
590 **Lindermann,** S., Sarid ha-Arachin, Erläuter. und Scholien zum Aruch. Berlin 1864.
591 **London,** E., En ha-Koré, kurze hebr. Grammat. Berlin 1803. Hldr.
592 **London,** S., Kehillat Schelomo, Sammlung von Ritualien und Gebeten, hebr. mit jüdisch-deutsch. Uebers. Frankf. a. O. 1796. 4. Hldr.
593 **De Lonsano,** M., Maarich, Erklär. von Fremdwört. in den Talmuden, den Midraschim u. dem Sohar. Lpz. 1853. Pp.
594 — Or Tora, über die Masora zum Pentateuch. Amsterdam 1659. 4. Pgt.
595 **Löwisohn,** S., Mechkeré Erez, alfab. Wörterb. für bibl. Geographie. Wien 1819.
596 — Mechkeré Laschon, investigationes linguae. Wilna 1849. Pp.
597 — Melizat Jeschurun, Rhetorik und Poetik. Wien 1816. Pp.
598 **Löwy,** J. E., Bikkoret ha-Talmud, kritisches talmudisches Lexikon. Bd. 1. Wien 1863.
599 **Lupis,** J. Sefer Kur mezaref ha-Emunot.., Erwiderungen auf die Angriffe der Christen auf das Judenth. Metz 1847. 4. Hlwd.
600 **Luzzato,** A., Lechem lefi ha-Taf, vocabolario ebraico-italiano. Triest 1838.
601 **Luzzatto,** Ephraim, Elch Bené ha-Ne'urim, hebr. Gedichte. Wien 1839. Pp.
602 — hebr. Liedersammlung. London 1766. 4. Ldr.
603 **Luzzatto,** M. Ch., La-Jescharim Tehilla, Drama. Lissa 1824. Hldr.
604 — dasselbe. Berl. 1800. Pp.
605 — Leschon Limmudim, Rhetorik und Poetik. Mantua 1727. Pp.
606 **Luzzatto,** S. D., Abné, Sikkaron, Grabschriften und Elegieen. Prag 1841.
607 — Bet ha-Ozar, bibliotheca in qua hebr. ej. scr. exeg., phil. mor. etc. 1. Th. Lemberg 1847. Lwd.
608 — Betulat Bat Jehuda, excerpta ex ined. Jehudae Levitae Divano. Prag 1840. Lwd. Unbed. fleckig, 6 Bl. ausgebessert.
609 — Ha-Mischtadel, Anmerkungen zum Pentateuch. Wien 1847. Hlwd.
610 — Catalogue de la bibliothéque de littérat. hébr. et orientale de feu J. Almanzi. Padoue 1864.
611 — Kinnor Na'im, Sammlung hebr. Gedichte. Wien 1825. Hfrz.
612 **Lwow,** Ab. M., Ohel Mosche, hebr. Grammatik. Zolkiew 1765. 4. Hlwd.
613 **Machasor,** die jüd. Festgebete, mit hebr. Comment. und deutsch. Uebers. von W. Heidenheim, verbess. und mit Uebers. vermehrt von J. Berlin. 5 Bände. Hannover 1838/39. Hlwd.
614 — dieselben, mit jüd.-deutsch. Uebers. 2 Theile. Sulzbach 1845. 4. Hldr.
615 — dieselben, mit jüd.-deutsch. Uebers. 2 Bände. Lemberg 1856. gr.-4. Ldr.
616 — dieselben, mit jüd.-deutsch. Uebers. 5 Theile. Warschau 1868.

617 **Machasor,** die jüd. Festgebete, mit jüd.-deutsch. Uebers. 1. Th. Wilhelmsdorf 1735. fol. Holzbd. Fleckig, 1 Bl. eingerissen.
618 — dieselben, mit ausführlichen Commentaren. 2 Theile. Halberstadt o. J. 4.
619 — die Gebete für d. Versöhnungstag, mit deutsch. Uebers., von J. Heinemann. Leipzig 1838. Hldr.
620 — Gebete am Neujahr (nach poln. Ritus). M. hochd. Uebersetzung, hrsg. v. Heinemann. Lpz. 1838. Hfrz.
621 **Magriso,** Is., Sefer me-Am loës, jüd.-span. Midrasch üb. das 3. Buch Mosis. Smyrna 1871. fol. Hldr.
622 — Sefer me-Am loës, jüd.-span. Midrasch üb. das 4. Buch Mosis. Smyrna 1867. fol. Hldr.
623 **Maimuni,** Mos., More Nebuchim, jüd. Religionsphilosophie, mit Comment. von Mos. Narboni und Sal. Maimon. 4. Berlin 1791. Pp.
624 — dasselbe. M. hebr. Commentar u. deutscher Uebersetzung v. Fürstenthal u. Scheyer. 1. u. 3. Bd. Krotoschin u. Frkfr. 1838/39. Hlwd.
625 — dasselbe, aus dem Arab. ins Hebr. übertr. von Jeh. Charisi. 1. Thl. Lond. 1851.
626 — dasselbe. Hebr. u. deutsch v. M. E. Stern. II. Thl. M. 1 Facs. gr.-8. Wien 1864.
627 — Jad ha-chasaka, systemat. Zusammenstellung aller Gesetze nach d. Schrift u. nach d. Talmuden m. Comment. 4 Thle. Vened. 1524/51. fol. Hldr. etw. fleckig, im 1. u. 2. Thle. einige Bl. etw. beschädigt, v. 3. u. 4. fehlt d. Titelbl.
628 — Jad ha-chasaka, 1. Th. u. Einiges aus d. 2. Th. Venedig 1740. 4. Hldr.
629 — Millot ha-Higgajon, Erklär. der logischen Terminolog. mit Mendelsohn's Comment. und Satanows Anmerk. 12. Warschau 1865.
630 — constitutiones de fundamentis legis. Hebr. et. lat. 4. Amst. 1638. Pp. 148 pp.
631 — de idololatria liber, hebr. c. interpr. lat. et notis D. Vossii. 4. Amst. 1642. Pgt. 732 pp.
632 — tract. de Vacca Rufa, hebr. et lat. ed. A. Chr. Zeller. Amst. 1711. Pgt. 544 pp.
633 — de jure pauperis et pregrini apud Juadaeos. Hebr. et lat., notis illustr. H. Prideaux. 4. Oxonii 1679. 168 pp. Einige S. fleckig.
634 — Auszüge aus d. Buche Jad-Hachasakah, die starke Hand, Handbuch d. Religion. Hebr. u. deutsch. St. Petersb. 1851. 1057 Seiten.
635 **Mapu,** A. Ahabat Zijon, Roman. Wilna 1865.
636 — Ajit zabua, berühmt gewordener hebr. Zeitroman. 5 Bände. Wilna u. Warschau 1865—69.
637 **March ha-Sorefet,** Moral und Asketik, jüd.-deutsch. Frankf. . . . . 1806. Abbir Jakob, jüd.-deutsch. Midrasch üb. d. 1. Buch Mosis, v. Akiba Bär; Fürth 1739. Kab ha-Jaschar, jüd.-deutsch, v. Zebi Hirsch Koidenower. Fürth 1743. 4. Holzbd. Etw. fleckig u. scharf beschnitten.
638 **Markaria,** Jak., Sefer Ibberonot, üb. das Kalenderwesen. Riva di Trenta 1561. Beigeb. Secher Rab, Binjam. Mussaphiae, carmen continens omnes lingue ebraeae radices seu voces, hebr. et lat. Hamburg 1638. 4. Ldr. Etw. wasserfl.
639 **Marot Elohim,** Dante's Divina Commedia ins hebr. übertr., von J. Formiggini. Triest 1869.
640 **Mayer,** W., Leschon Limmudim, Fabeln und Erzählungen, hebr. u. deutsch. Prag 1840.
641 **Mebassoret Zijon,** zur Geographie und Topographie Palästinas. Lemb. 1847. Cart.
642 **Mechilta,** der älteste halachische und haggad. Comment. zum 2. Buche Mos. mit hebr. Comment., von J. H. Weiss. Wien 1865.
643 **Del Medigo,** J. S., Chukkot Schamajim . . ., Erklär. der zwei ersten Bücher des Almagest; über Astronomie u. s. w. Odessa 1867.
644 — Maajan Gannim, Abhandl. über Mathemat. Odessa 1865.
645 — Sefer Elim, Antworten auf die Anfragen eines Karäers, mathem. und astrom. Inhalts. Odessa 1864.

646 **Megillat Jehudit**, das Buch Judit mit hebr. Anmerk. u. deutsch. Uebers. Wien 1819. Pp.
647 **Meir b. Chajjim**, Mischte Jajin üb. d. B. Ester. Fürth 1737. Comment. üb. Kohelt. Anon. Berlin 1770. — Sakkuto, M., hebr. Lieder u. Hymn. Amsterd. 1712. — Jehuda b. Mardechai. Zel ha-Ma'alot, Sittensprüche. Königsb. 1765. — Nakdan, Ber., Mischlé Schualim, Fabeln. Berlin 1756. In 1 Hldrbde. 2 Bl. unbed. beschädigt.
648 **Meldola**, D., Moëed David, jüd. Kalenderkunde. Amst. 1740/42. Hpgt.
649 **Menasche ben Iisrael**, Mikwe Iisrael, über die 10 Stämme Israels. Lemb. 1847.
650 **Mendelssohn**, M., Jerusalem, ins Hebr. übertr. von A. B. Gottlober. Szitomir 1867.
651 — Or li-Netiba, Einleitung in den Pentateuch. Berlin. Pp.
652 — Phädon hebr., von J. Beer. Berlin 1798. Hldr.
653 **Meyer**, Menachem, Kirjat Sefer, hal. Novellen und Ritualien. Smyrna 1863. fol. Hldr.
654 **Meyer**, W., Leschon Limmudim, Fabeln u. Erzählungen, hebr. u. deutsch. Prag 1840.
655 **Milsahagi**, E., Sefer Rabia, Studien über die ältesten Schrift. der jüd. Literat. 4. Ofen 1837.
656 **Minden**, J. L., Millin le-Eloah, hebr.-deutsches Lexicon. 4. Berlin 1759. Hldr.
657 — dasselbe. Berlin 1760. 4. Pp. Das Titelbl. ausgebessert.
658 **Mischnajot**, die 6 Mischna-Ordnungen, punctirt, mit hebr. Comm. u. deutscher Uebersetz. 6 Bände. Wien 1817—35. Hfrz.
659 — dieselben, mit Commentaren. 4 Bände. Stettin 1862/63. Hlwd.
660 — dieselben, mit hebr. Comment. von S. Phöbus, u. deutsch. Uebers. 2 Bände. Berl. 1832/33. 4. Hlwd.
661 **Misrachi**, El., Sefer Elija Misrachi, Supercomment. üb. Raschi zum Pentateuch. Venedig 1545. fol. Holzbd. Einige Bl. etw. wasserfl., d. Titelbl. ausgebessert.
662 **Mitrani**, Men., Sefer me-Am loës, jüd. span. Midrasch üb. Josua. 2 Theile. Wien 1856 u. Smyrna 1870. fol. geb. u. in Nummern.
663 **Da Modena**, J. A., Talmid Zachkan musari, Dialog über das Hazardspiel, mit jüd.-deutsch. Uebers. Amst. 1795. Hlwd.
664 **Möller**, Chr., Berit chadascha, das neue Testam. in jud.-deutsch. Spr. Frankf. a. O. 1706. 4. Pp.
665 **Mosche ben Menachem**, Scha'aré Jeruschalajim, Beschreibung Palästinas. Warschau 1868.
666 **Moses Samuel Neumann**, Ma'agal Joscher, hebr. Grammatik. Prag 1816.
667 **Mühlhausen**, Lippm., Sefer Nizzachon, über das Christenthum, vom jüd. Standpunkte aus. Herausgegeb. v. Theod. Hackspan, und v. dies. beigef.: Tractatus de usu librorum Rabbinicorum. Nürnberg 1644. 4. Pp. Selten.
668 **Müller**, M., Ester, Posse in 4 Abschn., deutsch m. jüd. Let. Wien 1849. 12. Pp.
669 **Münster**, Seb., die 13 Grundlehren des Judenth. von Maimonides; Josef b. Gorion, Geschichte d. Jud. s. Alexand. d. Gr. b. auf d. Zerst. Jerus., aus Josephus, Ant. u. ander. alt. Werk., hebr. und lat. Worms 1529. Hldr.
670 **Musafia**, B., Secher Rab, der Wortschatz der hebr. Sprache in zusammenhäng. Darstell. aneinander gereihet, mit Wörterb. u. Anm. Wilna 1863. Hldr.
671 — dasselbe, mit jüd.-deutsch. Uebers. Brünn 1790. Ldr.
672 — dasselbe, mit Uebers. u. Wörterb., von J. Willheimer. Prag 1868.
673 — dasselbe, mit Wörterb., hebr. u. türk. Konstantinop. 4. Hldr.
674 **Muschkat**, Torat Leschon Ibrit, hebr. Sprachlehre. Warschau 1853.
675 **Nachalat Zebi**, Auszug aus dem Sohar. Jüd.-deutsch. Czernowitz 1863. 4. Pp.
676 **Nachmani**, Mos., Milchemet chobah, polemisch-apologetisshe Aufsätze, v. ihm selbst u. v. D. Kimchi, Jos. Kimchi u. S. Duran. Konstantinop. 1710. Hldr. Unbed. wasserfl., ein Bl. defect, d. Titelbl. fehlt.
677 **Nagârah**, S., Pismonim, Hymnen. Wien 1858. 12.
678 **Nagel** u. **Goldmann**, Talmud Leschon Eber, Lehrb. der hebr. Spr. Prag 1859. Hlwd.

679 **Nakdan**, Ber., Mischlé Schualim, Fabelbuch, mit lat. Uebers. von M. Hanel. Prag 1661. Pp.
680 **Nathan**, M., Sefer Me'ir Natib, Concordanz zu d. heil. Schr. des alten Testam. Venedig 1564. fol. Pgt. Der Titel aufgezogen, einige Bl. unbed. wässerfl.
681 **Natan b. Jechiel**, Sefer ha-Aruch, aramäisch-rabbin. Lexicon. Pesaro 1517, ed. Soncini. fol. Fleckig, 1 Bl. am Schluss fehlt.
682 — dasselbe. Venedig 1531. fol. Hldr. Einige Bl.etw. fleckig.
683 — dasselbe. Basel 1599. fol. Schwldr. Wasserfl., einige Bl. leicht beschäd.
684 — dasselbe. Venedig 1653. fol. Etw. wasserfl. u. wurmstichig.
685 — dasselbe, mit Anmerk. von Musafia. Amsterdam 1656. fol. Hldr.
686 — dasselbe, mit Zusätzen v. B. Musafia, und mit deutsch. u. hebr. Anmerk. von Landau. 5 Bände. Prag 1819—24. Ldr. Der 4. u. 5. Thl. unbed. fleck.
687 — dasselbe, mit Zusätzen u. Erläuter., von B. Musafia u. J. Berlin. Lemberg 1865. Hldr.
688 **Netib Leschon ibri**, deutsch-hebräisches Wörterb. Anonym. o. O. 4. Pp.
689 **Netibot Olam**, Polemik gegen das rabbinische Judenthum. Lond. 1839. Hldr.
690 **Neumann, M.**, Schiré Musar, ethische Gedichte, hebr. u. deutsch. Wien 1814.
691 **Neumann**, M. S., Chinnuch Leschon Ibrit, theoret. u. prakt. hebr. Sprachlehre. Wien 1825. Cart. 156 S.
692 **Nieto**, Dav., Kusari Chelek schen, Apologie des mündl. Gesetzes u. Polemik gegen den Karäismus, mit. span. Uebers. London 1714. 4. Ldr.
693 **Nit'é Ne'manim**, Sammlung aus alten Manuscripten, hebr. u. deutsch v. S. F. Heilberg. Breslau 1847.
694 **Nombrando, Js.**, Sefer Schulchan ha-Melech, d. Ritualcod. Orach Chajjim des Jos. Karo in jud.-span. Spr. Konstantinop., 1748. 4. Ldr. Unbed. fleck.
695 **Di Oliveyra**, Sal., Darké Noam, Methodolog. u. Logik des Talmuds. Beigef. Tob Taam, üb. die hebr. Accente; Scharschot gablut, kl. hebr. Reimlexic.; Ajelet Ahabim, epische Dichtung üb. die Opferung Isaaks; Ez Chajjim, kl. hebr.-portug. Wörterb.; Katub Aramit, kl. bibl. chald.-portug. Wörterb.; Sajit raanan, hebr. Vocabular, mit portug. Uebers.; Jad Laschon, grammatica manual da lingua hebraica, v. dems. Amsterdam 1663. Pgt.
696 **Ottensoser**, D., Imré Daat Rambam, Analekten aus Maimonides, mit deutsch. Uebers. u. Anmerk. Fürth 1846.
697 **Ozar Dibre Leschon ha-Kodesch**, hebr.-spanisches Wörterbuch. 440 Seiten. Konstantinopel 1855. Hldr.
698 **Ozar nechmad**, Briefe u. Abhandlungen jüd. Literat. betreffend, hrsgeg. von J. Blumenfeld. Jahrg. 1—3. Wien 1856—60.
699 **Paperny**, A., Kankan chadasch male Jaschan, über den Styl der hebr. Schriftst. in der Gegenwart. Wilna 1867.
700 **Papo**, Elies., Pele Joëz, üb. Moral u. Askese, alfab. geordn., jüd.-span. Wien 1870. Hlwd.
701 **Papo, Elies. b. Schem-Tob**, Dammesek Elieser, Compendium des Ritualcod. Orach Chajjim, alfab. geordn., jüd.-span. Belgrad 1850. Lwd.
702 **Pappenheim**, Sal., Cheschek Schelomo, üb. hebr. Verbalwurzeln u. Bindewörter. Breslau 1802. 4.
703 — Jeriot Schelomo, ausführl. hebr. Synonymik. 3 Thle. 4. Dyrhenfurt u. Rödelheim 1811/31.
704 **Pardo**, Dan., Schifat Rebibim, Sammlung v. Gebeten u. Liedern. Livorno 1793. Hldr. Unbed. fleckig.
705 **Di Pas**, Js., Sefer Hadrat Sekenim, Verzeichniss der hebr. Wurzelwört. nebst Erklär. ders., alfab. geordn. Livorno 1753. 4. Cart.
706 **Penso**, Jos., Pardes Schoschanim, hebr. Lieder. Beigef. Asiré ha-Tikwah, allegor. Drama, v. demselb. Amsterdam 1673. Pgt.
707 **Pergamenter**, Jesodé ha-Laschon, hebr. Grammat. Deutsch. Wien 1813.
708 **Perl**, J., Megalle Temirin, satirische Briefe üb. die Chasidim. Lemberg 1864.
709 **Pesikta rabbati**, alte Ausgabe dieses Midrasch. 4. o. O.
710 **Petach Debaraj**, grammatische Schrift v. e. Ungenannten, ed. El. Levita. Venedig 1546.

711 **Philipowski,** H., Sefer Teschubot.... von Donasch ben Librat. London 1855. Hlwd.
712 **Pinelesch,** Z. M., Darka schel Tora, über die Methode der Mischna mit vielen Erläuter. halachischer Stellen im Talm. Wien 1861.
713 **Pinner,** M., Kizzur Talmud Jeruschalmi..., Compendium des hierosolymitanischen u. babylonischen Talmud, mit deutsch. Uebers. u. Erläuter. 1. Bd. Berlin 1831. Hldr.
714 **Pirké Abot,** Sprüche der Väter, mit hebr. Comment. u. deutsch. Uebers. Ofen 1821. Pp.
715 **Plungian,** M., Kerem li-Schelomo, Comment. über Kohelet m. ausführl. krit. Einleit. Wilna 1857.
716 — Schebet Eloah, Polemik gegen die Blutanklage. Wilna 1863. Hfrz.
717 **Polak,** E. J., Ben Gorni, Sammlung von Aufsätzen, beigetr. von Luzzatto, Reggio etc. Amsterd.. 1851.
718 **Polak,** G., Halichot Kedem, Sammlung hebr. Lieder u. gelehrter Correspondenzen. Amst. 1847.
719 **Polak,** M., Meir. Netib ha-Laschon, hebr. Grammat. in jüd.-deutsch. Spr. I. Thl. Amst. 1812.
720 **Polnowsky,** Ch. Orach le-Chajjim, Comment. über die Sprüche Salomonis. Odessa 1864.
721 **Pontrimoli,** Raf. Sefer me-Am loës, jüd.-span. Comment. üb. d. Buch Ester. Smyrna 1864. Hldr.
722 **Prisenhausen,** D., Kelil ha-Cheschbon, Lehrb. der Algebra. Zolniek 1835.
723 **Rab** (Abba Areka), Sifra, Midrasch über das 3. Buch Mos., mit Commentar von S. Sanz, u. Anmerk. von Jakob David. Warschau 1866. fol.
724 — Sifra, Midrasch über Leviticus, mit Comment., von M. L. Malbim. o. O. fol.
725 **Rabinowitsch,** J., ha-Menorah „der Leuchter“, Zeitroman, aus dem Russ. in's Hebr. übertr. von M. Konelski. Odessa 1866.
726 **Rabbinowicz,** J. M., hebr. Schulgrammatik. Breslau 1851.
727 **Rabbinowicz,** R., Dikduké Soferim, variae lectiones in Mischnam et in Talm. babylonic. cum annotationib. 3 Theile. München 1867—70.
728 **Rahmer,** A., Targum schel Dibré ha-Jamim, lat. Comment. aus dem 9. Jahrh. zu den Büch. der Chron. krit. verglichen mit den jüd. Quellen. 1. Th. Thorn 1866.
729 **Rapoport,** S. J., Erech Millin, talmudisches Realwörterbuch. 1. Th. Prag 1852. 4. Hldr.
730 — Sche'erit Jehuda, hebr. Drama. Wien 1827. Pp.
731 **Reggio,** Jalkut Jaschar, collectanea dissertatt. Fasc. I. Goritiae 1854.
732 **Reichersohn,** M., Chelkat ha-Nikkud, hebr. Formen- und Accentlehre. Wilna 1864.
733 — Tikkun Meschalim, die Fabeln Krylów's ins Hebr. übertr. Wilna 1860.
734 **Reifmann,** J., Chut ha-meschullasch, drei Abhandl., die Bekanntschaft der Talmudisten mit fremden Spr., die Fabeldichtung bei den Juden etc. betreffend. Prag 1859. Hlwd.
735 — Moadé Ereb, hebr. Spezialuntersuchungen. Vilna 1863. Cart.
736 **Rokizan,** Dav., Dibré David, doppelt. Comment. üb. Pirké Abot (Sprüche d. Vät.), mit Text u. Uebers. Prag 1795. 4. Ldr.
737 **Romano,** S., Sammlung kleiner kabbal. Schriften. Venedig 1610. 4. Einige S. unbed. fleckig.
738 **De Rossi,** As., Mazref la-Kesef, Widerlegung der Angriffe auf das Werk Jemé Olam (über die Zähl. nach d. Schöpf., üb. jüd. Alterth. u. s. w.) Wilna 1865.
739 — Meor Enajim, über die Septuaginta, Philo u. s. w. Wilna 1863.
740 — dasselbe. Wilna 1865.
741 — dasselbe. Beigef. Mazref la-Kesef, Widerlegung der Angriffe auf das gen. Werk. Wilna 1866. Ldr.
742 **Rubin,** Sefer ha-Middot, Weisheitssprüche. Wien 1854.
743 **Rumsch,** J., Kur Oni, Robinson Crusoe in hebr. Uebers. Wilna 1861.

744 **Saadja**, Aseret ha-Debarim, arabischer Midrasch zu den 10 Geboten, mit hebr. u. deutsch. Uebers., von Eisenstädter. Wien 1868.
745 — ha-Emunot weha-Deot, jüd. Religionsphilosophie. Amst. 1653. 4. Pp. Einige S. fleckig.
746 — dasselbe, mit Comment., von D. Sluzki. Leipzig 1864.
747 **Sacuto**, A., Sefer Juchasin. Chronik der jüd. Gesch. o. O.
748 **Safa berura**, Gebetbuch, herausgegeb. von W. Heidenheim. Rödelheim 1823. Hldr.
749 **Sak**, Chaj., Jad Chajjim, hebr. Grammatik. Prag 1759. Hldr.
750 **Sakkuto**, Mos., Tofte aruch, Dichtung über die Hölle, zusammen mit Eden Aruch, Dichtung üb. d. Paradies, v. Dan. Ulamo, mit dopp. Comment. u. deutsch. Uebers. v. Mose b. Mattatja. Metz 1777. 4. Hldr. Selten.
751 **Salman b. Jehuda Löb**, Zehar ha-Teba, hebr. Grammatik. Berl. 1769.
752 **Salomo ben Moses**, Sa'aré Neima, über die poetischen Accente, mit Anmerkungen, von Sal. Dubno. Frankf. a/O. 1766. Pp.
753 **Salomo Salmen**, Jmre Schelomo, Novellen üb. halachische u. haggadische Stellen aus Bibel und Talmud. Frankf. a/M. 1866. Hlwd.
754 **Samosc**, Nahar me-Eden, bibl. Geschichte nach Hübner, hebr. u. deutsch. Bresl. 1796.
755 **Samuel b. Alexander**, Peri Megadim, Verzeichniss der i. R.-C. Choschen Mischpat behandelt. Gegenst., alfabet. geordn. Frankf. a/O. 1691. Pgt.
756 **Sappir**, J., Eben Sappir, Reise nach Aegypten, Arabien, Indien u. s. w. Lyck 1866.
757 **Särteles**, Mos., Beer Mosche u. Lekach tob, deutsche Glossen und hebr. Erläuterungen zur heil. Schrift. Prag 1605. 4. Holzbd. Etw. fleckig.
758 — Beer Mosche, jüd.-deutsch. Glossen und hebr. Erklärungen z. Pentateuch und d. 5 Megillot. Prag 1605. 4. Pgt. 1 Bl. leicht beschäd., einige Bl. etw. fleckig, d. Titelbl. aufgezogen.
759 **Sasportas**, S., Schesch Schearim, Gedicht üb. d. 613 Ge- u. Verbote, mit spanischer Uebers. Amsterd. 1727. Pp.
760 **Satanow**, Is., Iggeret Bet Tefilla, sprachliche Abhandl. üb. d. tägl. Gebete. Berlin 1773. Hldr.
761 — Sefer ha Middot, Ethik nach allgemeinen u. jüd. Prinzipien. Berl. 1784. 16. Hldr.
762 — Sifté Renanot, hebr. Grammatik. Berlin 1773. 4. Pp.
763 **Schabbatai Bassista**, Sifte Jeschenim, alphab. Schriftstellerlexikon. Zolkiew 1806. 4. Hlwd.
764 **Schatzkes**, M. A., Ha-Mafteach, Erklärung d. schwierigen Haggadas im Talmud. Warschau 1866.
765 **Schel. Salman b. Jeh**, Scha'aré Simra, Accentuologie der poetischen Bücher. Fürth 1762.
766 **Schibeché ha-Bescht**, Geschichten von Isr. Baal Schem. Jüd.-deutsch. (ohne Druckort.)
767 **Schir Emunim**, Sammlung von Gebeten und Hymnen. Amsterdam 1783. Ldr.
768 **Schir ha-Schirim**, das hohe Lied mit hebr Comment. u. deutsch. Uebers. Wien 1847.
769 — dasselbe mit Targum und Comment., von Raschi, Nachmani und J. Tomer. o. O. Pp.
770 **Schiré David**, die Psalmen, mit ungar. Uebers., von R. Móric. Budapest 1841. Hlwd. Etw. wasserfl.
771 **Schiré Zijon**, 50 hebr. Lieder Anonym. Warschau 1846. Lwd.
772 **Schönhak**, J. B., Ha-Millim, ergänzendes aramäisch-rabbinisch-deutsches Wörterbuch. Warschau 1869.
773 **Schottländer**, Toldot Noah, Geschichte der Sündfluth in 12 Gesängen. jüd.-deutsch. Breslau 1798.
774 **Schulman**, K., Halichot Kedem, 1. Th. zur Geogr. u. Topogr. Palästina's. Wilna 1858.
775 — Har-el, zur Alterthumskunde Palästinas. Wilna 1866.
776 — Harisat Betar, der Barkochba-Aufstand u. d. Zerstörung d. Stadt Betai. Wilna 1858. Hfrz.

777 **Schulmann**, K., Dibré Jemé Olam, Weltgeschichte, 2. Thl., Mittelalter. Wilna 1869.
778 — Safa berura, vermischte Aufsätze. Wilna 1864.
779 — Schulammit, zur Geographie und Topographie Palästinas. Wilna 1859.
780 **Schur**, Masseat Nefesch, Sittensprüche. Lemb. 1867.
781 **Schwab**, A., Dibré Joscher, hebr. Grammat. und hebr.-jüd.-deutsch. Wörterbuch. Amst. 1767. Ldr.
782 **Schwarz**, G., Eser le-Moreh, Hilfsbuch f. Lehrer der hebräischen Sprache. Wien 1860. Pp.
783 **Schwarz**, J., Dibré Josef, Novellen u. rituelle Gutachten. Jerusalem 1862.
784 — Dibré Josef, Geographie Palästinas, Novellen u. s. w. Jerusalem 1841.
785 — Tebuat ha-Arez, Geographie von Palästina. Jerusalem 1845. Hlwd.
786 **Schwarzenberg**, A. Melammed le-hôil, Handb. d. hebr. Sprache m. poln. Uebers. 1. Th. Warschau 1864.
787 **Schweizer**, D., Ze'enah u-re'enah, deutsch. Midrasch z. Pentateuch. Fürth 1861. Hlwd.
788 **Seder Berachat**, Orden de Bendiciones, y las oraziones en que se deven dezir. Amsterdam 1687. 12. Ldr.
789 **Seder Haggada**, Pesach-Haggada mit deutscher Uebersetzung. Leipzig 1843. Pp.
790 **Seder Kinot**, Gebete und Klagelieder für den 9. Ab. mit jüd.-deutscher Uebers. Fürth 1745. 4. Hldr. Einige Bl. fleckig.
791 **Seder Kinot**, Klagelieder für den 9. Ab. mit jüd.-deutscher Uebersetzung. Wilna 1865.
792 **Seder Olam rabba we-suta**, Chronicon hebraeorum majus et minus, latine vertit et illustr. Joh. Meyer. Amsterd. 1699. 4. Hpgt. Mehrere Bl. wasserfleckig.
793 **Seder Purim**, Gebete für das Purimfest, nebst d. Buche Ester mit jüd.-deutsch. Uebers. Rödelheim 1862. Pp.
794 **Seeb b. Josef**, Derischat ha-Seeb, Derascha's und Moralreden. z. Th. mit deutsch. Uebers. Berl. 1740. 4. Hldr. Der obere Rand stark beschnitten, einige S. fleckig.
795 **Sefer Aruch ha-kazer**, kurzes talmudisches Wörterbuch mit vielf. Zusätz. u. Verbesser. Krakau, 1592. 4. Hldr. Etw. wasserfleckig und wurmstichig.
796 — dasselbe. Prag 1863.
797 — dasselbe. Prag 1707. 4. Pp. wasserfl.
798 **Sefer ha-Chajjim**, Sammlung hebr. u. jüd.-deutscher Gebete. Karlsruhe 1839. Pp.
799 **Sefer ha-Chajjim**, 1. Th. hebr. Gebete auf dem Friedhofe, 2. Th. Trauergesetze in jüd.-deutsch. Spr. Sulzbach 1779. Hldr.
800 **Sefer ha-Magid**, Geschichtsbücher, Prophet. und Hagiogr., mit Raschi und jüd.-deutsch. Uebers. 3 Bde. Sulzbach 1764/94. 4. Ldr. Thl. 1 u. 2 etw. fleckig.
801 **Sefer Leket ha-Sohar**, Auszug aus dem Sohar. jüd.-spanisch. Belgrad 1861. Hldr.
802 **Sefer Tobijah**, das Buch Tobias hebr. mit lat. Uebers., von P. Fagius. o. O. 4. Hldr.
803 **Selichot**, Bussgebete mit jüd.-deutsch. Uebers. Prag 1729. fol. Pp. Einige Bl. unbed. fleckig, der obere Rand scharf beschnitten.
804 — dasselbe, mit deutsch. Uebers. Krotoschin 1845.
805 — dasselbe, mit jüd.-deutsch. Uebers. Königsb. 1846.
806 — dasselbe, mit doppelt. hebr. Comment. und jüd.-deutsch. Uebersetzung. Wilna 1868.
807 **Seligsohn**, S., ha-Abib, „der Frühling", eine Dichtung in 7 Liedern, nebst einer Einleitung über Zweck und Ordnung d. Dicht. u. üb. neuhebr. Metrik. Berlin 1845.
808 **Senderlieh**, J., Or Jisrael, über den Sohar und den Ritualcod. Orach Chajjim. Frankf. a/O. 1703. fol. Holzbd. Einige Blätter am oberen Rande wasserfl.

809 **Siebenberg**, Maagal jaschar, hebr. Grammatik. 2 Thle. Warschau 1863.
810 **Siebenberger**, J. D., Ozar ha-Scharaschim ha-kelali, hebr.-deutsches Lexikon. 3 Thle. Warschau 1846/62. 4. Hldr. u. broch.
811 **Sierenz**, Jak., Eben Jisrael, hebr. Grammatik in jüd.-deutsch. Spr. 2 Thle. Metz 1766. 4. Hlwd. Unbed. wasserfl.
812 **Sifré debé Rab**, der älteste halachische u. haggadische Midrasch, mit krit. Noten u. Erklär., v. Friedmann. Wien 1864.
813 **Da Silva**, Ch., Peri chadasch, üb. d. Ritualcodex Orach Chajjim. Karlsr. 1841 (?). fol. Pp. Einige S. unbed. wasserfl.
814 **Simcha b. Gerson**, Sefer Schemot, üb. d. männlich. u. weiblich. Eigennamen, hebr.!, italien., span. u. deutschen Ursprungs. Venedig 1657 (?). 4. Ldr. 1 Bl. v. Inhaltsverzeichn. fehlt, 2 Bl. ausgebessert. Etw. wasserfl.
815 **Simchat ha-Nefesch**, Parabeln und Ritualien, jüd.-deutsch. Sulzbach 1798. 4. Hldr,
816 **Simon b. Jochaï**, Sohar, kabbalistischer Comment. üb. den Pentateuch. Sulzbach 1684. fol. Hldr.
817 — dasselbe. Bd. 1—3. (1—3. B. Mos.) Amst. 1852. Ldr. u. Hldr.
818 **Simson Bloch**, Toldot Raschi, Lebensgeschichte d. R. Sal. Jizchaki. Warschau 1682.
819 **Slonimski**, Ch. S., Jesodé ha-Ibur, Kalenderkunde. Warschau 1852.
820 **Sobel**, S., Dorot Olamim, kurz. Abriss der Weltgesch. Warschau 1865.
821 **Sofer**, Ah. M., Ohel Mosche, hebr. Grammatik. Zolkiew 1765. 4. Hldr.
822 **Somerhausen**, Chizzé schenukim, epigrammata hebraica. Amst. 1840.
823 **Stern**, M., Mischlé, die Sprüche Salomos mit deutscher Uebers. u. hebr. Comment. Wien 1854.
824 **Stern**, S. H., Sefer Teschubot, I. responsiones discipulorum R. Menahém b. Saruk, II. resp. discipuli Dunasch b. Labrat. Wien 1870.
825 **Sue**, Eug., Mystères de Paris ins Hebräische übertr. von Schulmann. 4 Bände. Wilna 1858/60. Im 1. Bde. fehlt d. Titelbl.
826 **Sultanskij**, Mard., Petach Tikwa, hebr. Grammatik. Kosloff, 1857. 4. 4 Bl. stockfleckig.
827 **Süsskind**, Al., Derech ha-Kodesch, hebr. Grammat. Köthen 1718. 4. Pp.
828 **Talmud babli**, der babyl. Talmud mit Commentaren, vollst. 11 Bände. Amsterd. 1644/47. 4. Pgt. Einige Bde. unbed. wasserfl. u. wurmstichig, in einem Bde. 4 Bl. leicht beschädigt.
829 — derselbe. 12 Bände, vollst. Warschau 1863/66.
830 — Talmnd Jeruschalmi, der jerusalemische Talmud, vollst. Venedig, ed. D. Bombergo. fol. Ldr. Etw. wasserfl. u. wurmst.
831 — derselbe mit kurz. hebr. Commentar. Krotoschin 1867. fol.
832 — Talmud babli, Tractat Sukka. Amsterdam 1719. Lex.-8. Pgt.
833 — Talmud babli, babyl. Talm. mit Comment. 3 Bde. Tract. Baba Kama, Baba Mezia, Schebuot. Prag 1839/42.
834 — Talmud babli. babyl. Talm. mit Commt. 10 Tractate v.Seder Moëd (1. Ordn.) Prag 1840,42.
835 — Talmud babli, d. babyl. Talm. mit Comment. 2 Bde. Tract. Kidduschin u. Nedarim. Prag 1841/43.
836 — Talmud babli, 3 Tractate des babyl. Talm. Abode sara, Keritot, Me'ila Prag 1842/43.
837 — Talmud babli, Tract. Chullin. Prag 1845. Pp.
838 — Talmud babli, der babyl. Talm. 1. Bd. Tractat Berachot, mit hebr. Comm. deutscher Uebersetzung und Erläuterungen, von E. M. Pinner. Berlin 1842. fol. Hlwd.
839 — Talmud babylonicnm adjunct. commentariis omnib. antiquis, ed. A. Salomon. Bd. 1. 3—12. Berlin 1864/65. Hlwd. 1. Bd. broch.
840 — d. babyl. Talm. mit Commentaren. Bd. 1—6. Stettin 1862/65. 4.
841 — Talmud babli, Tractat Baba Kamma. Stettin 1865. 4.
842 — Talmud babli, Tract. Schabbat. Stettin 1864. 4.
843 **Tauber**, Esrach raanan, biographische Studien über Maimonidas. Brünn 1863.

844 **Tausend und eine Nacht.** Deutsch mit jüdischen Lettern. Wien 1850. Hlwd.
845 — dasselbe. Jüd.-deutsch. 12. Warschau 1865. Hlwd.
846 **Techinot.** Gebetb. für gebildete Frauen. Bresl. 1843. Lwd.
847 **Tefillot Jisrael,** israel. Gebetbuch, mit ungar. Uebers. v. Mart. Schwarz. Béosben 1861. Lwd.
848 **Seder Korban Mincha,** Gebetbuch nebst Psalmen mit jüdisch-deutscher Uebers. Krotoschin 1861. Hlwd.
849 **Tefillot Jisrael,** das jüd. Gebetb. mit rumänischer Uebers. Bukarest 1867. Lwd. m. Futteral.
850 **Tefillot Jisrael,** Gebete d. Israeliten m. einer deutsch. Uebers., geordn. nach J. A. Mannheimer. Wien 1863. Hlwd.
851 **Tefillot Jisrael,** Gebetbuch, mit deutsch. Uebers., von J. Euchel. Prag 1803. Pp.
852 **Tefillot kol Peh,** Gebetbuch mit jüd.-spanisch. Uebers., span. Ritus. Wien 1865. Hlwd.
853 **Siddur Korban Mincha,** Gebetbuch mit den Psalmen u. jüd.-deutsch. Uebers. Wilna 1864. 4. Hfrz
854 **Siddur Korban Mincha,** Gebetbuch nebst den Psalmen, mit jüd. deutsch. Uebers. Wien 1862. Hlwd.
855 **Abodat ha-Schana,** Gebetbuch, span. Ritus. Belgrad 1856. Beigeb.: Bet Tefilla, Samml. v. Gebeten, hebr. u. jüd.-span., v. Elies. Papo; **Pirké** Abot, Sprüche der Väter, mit jüd.-span. Uebers.; Schechijot ha-Chemda, Lesestücke aus der Bibel u. d. Sohar, mit Gebeten, für d. Monat Nisan geordn. v. David Pardo. Belgrad 1858/60. Hlwd.
856 **Sefat Emet,** Gebetbuch. Leipzig 1860. Hlwd.
857 **Tefillot,** Gebetsamml. in jüd.-deutsch. Spr. Cart.
858 **Seder Tefillot,** Gebetbuch mit jüd.-deutsch. Uebers. Wilna 1865.
859 **Seder Tefillot,** Gebetbuch. Berlin 1860. 16. Hlwd.
860 **Seder ha-Tefillot,** Gebetb. nebst Psalmen und jüd.-deutsch. Uebers. Amsterdam 1705. Pp.
861 **Seder Tefilla,** Gebetbuch mit jüd.-deutsch. Uebers. Beigef. die Psalmen mit Uebers. u. kurz. hebr. Comment. 4. Fürth 1760. Nicht gut gehalten, d. untere Rand stark beschnitten.
862 **Seder Tefilla,** das Sabbat-Gebet sammt allen Jozrot, mit deutscher Uebersetzung. 3 Thle. Prag 1851.
863 **Seder Tefilla,** jüd. Gebetbuch mit jüd.-deutsch. Uebers. Wilhelmsdorf 1713. fol. Hldr.
864 **Tehillot Bené Jeschurun,** israelitisches Gebetbuch. Krotoschin 1843.
865 **Teixeyra,** Js. Senj., die Psalmen m. italien. Uebers. u. Erläut. Amsterd. 5431. Pgt. Unbed. wasserfl.
866 **Teschubot ha-Geonim,** Gutachten der Geonim, gesammelt von J. Musafia. Lyck 1864.
867 **Tikkuné ha-Sohar,** Ergänzungen zum Sohar. Lemberg 1850.
868 **Toledot Adam,** hebr. Briefsteller. Frankf. a. M. 1736. Pp.
869 **Tossani** Lexicon hebraicum, hebr.-lat. Wörterbuch. London 1865. Ldr.
870 **Uhlemann,** Anleit. z. Uebers. aus d. Deutschen in d. Hebr. I. Curs. Berlin 1839.
871 **Valerio,** Sam., Jad ha-Melech, ausführl. Comment. üb. das Buch Ester. Venedig 1586. 4. Pp.
872 **Vitasch, Schabbetai,** Meschibot Nefesch, die 613 Ge- u. Verbote in hebr. Versen mit jüd.-span. Erläuter. Konstantinop. 1748. 4. Cart. Die letzten 6 Bl. etw. fleckig.
873 **Viterbi,** D., Em la-Masoret, Handb. für die Gesetzesrollen- und Tefillinschreiber. Mantua 1748. 4.
874 **Warnheim,** W., Kebuzat Chachamim, Aufsätze über Gesch., Exegese und Dogmatik. Wien 1861. Pp.
875 **Weil,** J., Sefer Torat Schabbat, die Sabbatgesetze mit deutsch. Uebers.; Novellen u. s. w. Karlsruhe 1839. 4. Pp.
876 **Werbel,** E. M., Edim neemanim, poet. Dichtung. Wilna 1852.

877 **Wessely**, N. H., Imré Schefer, Commentar zum ersten Buche Mosis. 1. Theil. Lyck 1868.
878 — Michtabim schonim, vermischte Briefe. Wien 1827.
879 — Schire Tiferet, ep. Dicht. üb. d. Gesch. Mose's u. d. Ausz. aus Aegypt. Die erst. 2 Theile. Berlin 1789/91.
880 — dasselbe. 6 Thle. Warschau 1858.
881 **Wolfssohn**, Leichtsinn u. Frömmelei, Familiengemälde, deutsch mit jüd. Let. Amst. 1798. 12.
882 **Worms**, A. b. W., Sejag la-Tora, über die Masora. Frankf. a. M. 1766. 4. Pp.
883 **Zebi-Hizsch**, Nofet Zufim, Auszüge aus dem Sohar, in jüd.-deutsch. Sprache. Wilna 1865. 4. Hlwd.
884 **Zedah**, Chalifat Iggarot, hebr. Briefsteller. Wilna 1866.
885 **Zeitschrift**, jüdische, für Wissenschaft u. Leben, von Abr. Geiger. Jahrg. 1, Heft 1—4, Jahrg. 2, H. 1—4. Breslau 1862/63.
886 **Zuker**, H., Chajjé Adam u. Chochmat Adam, Ritualien, jüd.-deutsch. 2 Theile. Lemberg 1865.
887 **Convolut** von 87 kleinen Schriften in jüd.-deutsch. Spr., zum grössten Theil satyrische Erzählungen und Volkslieder.
888 **Convolut** von 15 grösseren Schriften in jüd.-deutsch. Sprache, meist Theaterstücke u. Bilder aus dem russisch-jüd. Leben.
889 **Convolut** v. 45 kleiner. u. grösser. Schriften in jüd.-deutsch. Sprache, z. grösst. Th. Biographien berühmt. Rabbinen u. Erzählungen.
890 **Convolut** von 41 kleiner. u. grösser. Schriften moralischen Inhalts in jüd.-deutsch. Spr.
891 **Convolut** v. 34 kleiner. u. grösser. Schriften theologischen Inhalts in jüd.-deutsch. Sprache.
892 **Convolut** v. 5 Schriften üb. jüd. Geschichte in jüd.-deutsch. Sprache.
893 **Convolut** v. 22 kleiner. u. grösser. Schriften vermischten Inhalts in jüd.-deutsch. Sprache.
894 **Convolut** von 88 kleiner. u. grösser. Schriften theologisch. u. moralisch. Inhalts in jüd.-span. Sprache.
895 **Convolut** von 51 kleiner. u. grösser. Schriften meist theologischen Inhalts, hebr. u. deutsch.
896 **Convolut** von 9 Talmudtractaten.
897 **Convolut** v. 49 kleiner. u. grösser. Schriften vermischten Inhalts, hebr. u. jüd.-deutsch.
898 **Convolut** v. 25 hebr. u. deutsch. Monatsschriften.
899 **Convolut** von 56 hebr. Schriften theologischen, philosophischen, historischen u. literarhistorischen Inhalts.
900 **Convolut** von 25 Bänden, meist theologischen u. moralischen Inhalts. hebr. u. jüd.-deutsch.
901 **Convolut** v. 17 Bänden theologischen Inhalts, hebr. u. deutsch.
902 **Convolut** von 17 Bänden moralischen u. theologischen Inhalts, jüd.-deutsch.
903 **Convolut** von 15 hebr. Bänden grammatischen, philosophischen u. moralischen Inhalts.
904 **Convolut** v. 11 Bänden theologischen u. grammat. Inhalts, hebr. u. deutsch.
905 **Convolut** v. 11 Bänden theologischen Inhalts, hebr. u. jüd.-deutsch.
906 **Convolut** von 18 hebr. Schriften poetischen u. literarhistorischen Inhalts.
907 **Convolut** von 37 Schriften vermischten Inhalts, hebr. u. jüd.-deutsch.
908 **Convolut** von 15 Schriften vermischten Inhalts, hebr. u. jüd.-span.
909 **Convolut** v. 11 Bänden, einzelne Theile der Bibel enthaltend, mit hebr. Comment. u. deutsch. Uebers.
915 **Convolut** v. 14 hebr. Bänden vermischten Inhalts.

---

916 **Abhandlungen**, wissenschaftliche, üb. jüd. Geschichte, Literatur u. Alterthumskunde. Hebr. 1—3. Jahrg. Lemb. 1852/56. In 1 Hlwdbd.
917 **Abrabanelis**, Rabbi Isaaci, comment. in Hoseam, lat. donatum ab Fr. ab Husen. Lugd. B. 1688. 431 pp. — Reyheri mathesis mosaica, s. loca

Pentateuchi mathematica mathematice expl. Kilae 1679. 808 pp. 4. In 1 Pgtbd.

918 **Abrabanelis**, Js., commentarius in prophetas priores, hebr. fol. Lips. 1686. Ldr.

919 **Abrahami** patriarchae liber Jezirah sive formationis mundi. 16. Par. 1552.

920 **Abramowitsch**, Toldot-Hateba. Gemeinnützige Naturgesch. II. Bd.: Vögel. (Hebräisch.) Schitomir 1867.

921 **Adagia**, id est proverbiorum, paroemiarum et parabolarum omnium, quae apud Graecos, Latinos, Hebraeos, Arabas etc. in usu fuerunt, collectio absolutissima. fol. Typis Wechelianis, sumptibus Joannis Pressii 1643. Schwldr.

922 **Aguilar**, Grace, Marie Henriquez Morales. Erzählung. Magd. 1860. Pp.

923 **Ahn**, F., method of learning the Hebrew language. Lond. 1860. Pp.

924 **Ahron** ben Elia's aus Nikomedien System der Religionsphilosophie, sprachl. erläut. v. F. Delitzsch. Hebr. Lpz. 1841. Pp. (9 M.)

925 **Alabaster**, G., spiraculum tubarum, s. fons spiritualium expositionum ex aequivocis Pentaglotti significationibus. fol. Lond., ex off. G. Jones, s. a. Pgt. Aeusserst selten.

926 **Albert**, P. M., porta linguae sanctae h. e. lexicon novum hebr.-lat.-biblicum. 4. Budissae 1704. Hldr.

927 **Alting**, J., fundamenta punctationis linguae sanctae. Frcft. 1717. Hlwd.

928 — synopsis institutionum chaldaeorum et syrarum. Groningae 1691. Pp. 156 pp.

929 — id. liber. Frcft. 1717. Pp.

930 — id. liber. Halae Magd. 1749. Pp.

931 — Brevis introductio ad grammaticam hebr. Altingianam. Acc. liber Ruth, hebr. et lat. Ed. III. Traj. ad Rh. 1722. Pp.

932 **Amador de Los Rios**, estudios hist., pol. y lit. sobre los Judios de España. Madrid 1848. Hlwd. 655 pp.

933 **Anger**, R., ratio qua locis V. Test. in evang. Matthaei laudantur, quid valeat ad illustrandam huius evangelii originem quaeritur. 3 prts. 4. Lips. 1861/62. In 1 Ppbd.

934 **Annalen**, israelitische. Ein Centralblatt f. Gesch., Literatur u. Cultur d. Israeliten aller Zeiten u Länder, hrsg. v. J. M. Jost. 3 Jahrgge. 4. Frkft. a/M. 1839/41. Pp. (27 M.) Vom Jahrg. 1840 fehlt d. Titel.

935 **Anspach**, J., rituel des prières journalières à l'usage des Israélites, français et hébr. Metz 5580. Hldr. 424 pp.

936 **Anweisung** z. hebr. (u. chald.) Sprache. Halle 1698. Pp. 92 S.

937 **Apocalypsis** S. Johannis. Charactere syro, et ebr., c. vers. lat. ed. L. de Dieu. 4. Lugd. B. 1627. Pp. Wasserfl.

938 **Aquinas**, Ph., dictionarium absolut. hebr., chald., talmud.-rab. fol. Lut. Paris. 1679. Holzbd. Wasserfl.

939 **Archives** israélites de France, publ. p. S. Cohen. Année 1840. Paris.

940 **Aristeae**, de legis divinae ex hebr. lingua in graec. transl. C. conversione lat., aut. M. Garbitio. Basil. 1561. Pgt.

941 **Auswahl** histor. Stücke aus hebr. Schriftstellern vom 2. Jahrh. bis auf d. Gegenwart. Hebr. u. deutsch. Berl. 1840. (3¾ M.)

942 **Bahrdt**, C. Fr., de incluto bibliothecae elect. Dresd. codice bibliorum ebraeorum manuscripto prolusio. 4. Lps. 1767. Pp. 20 pp.

943 **de Balmes**. Abr., grammatica hebraea una cum latino. 4. Venetiis 1523. Holzbd. Selten u. geschätzt.

944 **van Bashuysen**, H. J., clavis talmudica maxima. Hebr. et lat. 4. Hanov. 1714. Pgt. 552 pp.

945 **Bauer**, Einleit. zur hebr. Accentuation als einer mathemat. Abtheilungs- u. Verbindungskunst. Lpz. 1742. Pgt. 218 Seiten.

946 **Bechinot Olam** od. philos. Betrachtgn. üb. die Welt. A. d. Hebr. v. Levy. Sondersh. 1824. 111 Seiten.

947 **Beck**, J. J., tractatus de juribus Judaeorum, von Recht der Juden. Nürnb., 1731. 4. Prgmt.

948 **Beckii**, M. Fr., paraphrasis chaldaica I. et II. libri chronicorum. Chald. et lat. 4. August. Vind. 1680/83. In 1 Hldrbde.

949 **Bedarschi**, Abr., chotam tochnit (hebr. Synonymik). Nebst Anh., Erkl. v. Luzzatto, Steinschneider u. A. gr.-8. Amst. 1865. 353 pp.
950 **Bedencken**, christliches, wie vnd welcher Gestalt christl. Oberkeit den Juden vnter Christen zu wohnen gestatten könne. 4. Giessen 1612.
951 **Beer**, E. F. F., studia asiatica. Fasc. III.: Inscriptiones vet. litteris et lingua hucusque incognitis ad montem Sinai. Fasc. I.: Inscriptionum centuria litteris hebr. transcripta. Acc. tabb. lithogr. XVI. 4. Lips. 1840. Pp.
952 **Beer**, B., Leben Abrahams. Lpz. 1859. Hlwd.
953 **Behr**, A., Lehrb. d. mosaischen Religion. München 1826. 160 Seiten.
954 **Bellermann**, üb. d. kunstvollen Plan im Buch Hiob. Berl. 1813. Pp. 68 Seiten.
955 — d. Urim u. Thummim, d. ältesten Gemmen. Ein Beitrag z. bibl.-hebr. Alterthumskunde. M. 1 Kpfr. Berl. 1824. Cart. 112 S.
956 **Ben Chananja**. Zeitschrift f. jüdische Theologie. Hrsg. u. Red. L. Löw. Jahrg. 1864—1867. 4. Szegedin. (60 M.) Von Jahrg. 1864 fehlt Nr. 26.
957 **Ben Melech**, Sal., comment. in V. Test. libros, hebr. et lat. ed. Fabricius. Gött. 1792. Pp. 76 pp.
958 **Benamozegh**, E., nouveaux dialogues sur la Kabbàle ou refutation crit., hist., et théolog. des dialogues sur la même de Luzzato de Padoue. En Hébr. Livourne 1863. 223 pp. Einige S. fleckig, einige leicht beschädigt.
959 **Benlevi**, M. J., hebr. Wurzelzeiger od. tabellarisch hebr.-deutsches Wörterbuch. gr.-fol. Hann. 1833. Cart. (5 M.)
960 **Bensew**, J. L., Ozar Haschoroschim hebr.-deutsches u. deutsch-hebr. Wörterbuch üb. d. Alte Testament. 3. Aufl. 3 Bde. Wien 1839/44. Hldr. (13½ M.)
961 **Berggren**, J., Bibel u. Josephus üb. Jerusalem u. d. heil. Grab wider Robinson u. neuere Sionspilger. Lund 1862. (8 M.)
962 — Flavius Josephus d. Führer u. Irreführer d. Pilger im alten u. neuen Jerusalem. gr.-8. Lpz. 1854. Pp. 55 S.
963 **Bibel**, die israelitische. Urtext m. deutscher Uebertragung. Hrsg. v. Philippson. 3 Bde. m. über 500 Holzschn. 2. Aufl. Lex.-8. Lpz. 1858/59. Hfrz. (72 M.) Schönes Explr.
964 — La Bible, traduction nouvelle, avec l'hébreu en regard, avec des notes par S. Cahen. Tome I—VIII. gr.-8. Paris 1831/46. Hfrz.
965 — Biblia sacra V. et N. Test.; lat. C. figg. Genevae 1583. Hlwd.
966 — Biblia universa et hebraica quidem c. lat. interpretatione Xantis Pagnini, Benedicti Ariae Montani et quorundam aliorum. Lips. 1657. — Novum Test. gr., c. Vulgata interpret. lat., opera Ben. Ariae Montani. Ib. 1657. fol. Schöner Ldrbd. in Carton. Titel aufgezogen.
967 — Biblia sacra quadrilingnia Novi Test. graeci, c. vers. syr., gr. vulg., lat. et germ. accur. Chr. Reineccio. fol. Lips. 1713. Pgt.
968 — Biblia hebr., latina planeque Seb. Munsteri tralatione. 2 voll. fol. Basil. 1546. Ldr.
969 — Biblia hebr., notis illustr. ab E. van d. Hooght. Amst. 1705. Ldr.
970 — Biblia hebr. non-punctata. E typogr. D. E. Jablonski, Berol. 1711. 32. Ldr.
971 — Biblia hebr., sec. edit. belg. Ed. van d. Hooght, c. vers. lat. S. Schmidii. 4. Lips. 1740. Ldr.
972 — Biblia hebraica. Die 24 Bücher der Bibel im ebräischem Texte, mit Uebersetzung u. Anmerk. hrsg. v. S. Herxheimer. 4 Bde. Bernb. u. Berlin 1843/54. Hldr.
973 — Biblia hebr. ed. A. Hahn. Ed. stereot. gr.-8. Lpz. 1867. (6 M.)
974 — Biblia parva hebr.-latina. Autore Henr. Opitio. Hamb. 1673. 16. Pgt.
975 — Biblia Pentapla, d. i. die Bücher der kl. Schrift in 5facher deutscher Verdolmetschung. 1. u. 3. Bd. (A. T. bis mit Hiob, u. N. Test.) Hamb. 1710. 4. Pgt. u. Ldr.
976 — Volks- u. Schul-Bibel, deutsche, f. Israeliten. Hrsg. v. G. Salomon. Ster.-Ausg. 2. Abdr. gr.-8. Altona 1838/39. Hldr. (6 M.)
977 — Biblia en dos colunas hebrayco y espanol. fol. Amst., en casa de Jos., Jacob y Abr. de Salomon Proops, (1762). Ldr. Die letzten Bl. etwas fleckig.

978 **Bibliander** (Adami), deliciae ebraeo-homileticae, d. i. Ergetzlichkeiten der ebr. Sprache auff der Cantzel zu gebrauchen. I. Thl. (12 Ausfertigungen.) Dresden 1707. Pgt. 1322 Seiten.
979 **Bibliographie**, hebraeische. Blätter f. neuere u. ältere Literatur d. Judenthums. Hrsg. v. Steinschneider. 1—8. Bd. Berl. 1858/64. Hlwdbde. u. in Nummern. (28 M.)
980 **Blancuccius**, B., institutiones in linguam sanctam hebr. 4. Romae 1608. Pp. 295 pp. Etw. fleckig.
981 **Blass**, M., jüdische Sprichwörter. Lpz. 1857. Pp. 30 S.
982 **Blätter**, wissenschaftliche aus der Veitel Heine Ephraim'schen Lehranstalt in Berlin. I. Sammlung. Lex.-8. Berl. 1862.
983 **Blech**, W. Ph., Grammatik d. hebr. Sprache. Danzig 1864. Pp. (2½ M.)
984 **Block**, W. D., d. wahre Geburtsjahr Christi od. wir sollten 1862 anstatt 1843 schreiben. Nebst e. Anh. Berl. 1843. Pp. (2 M.)
985 **Blogg**, aedificium Salomonis, enth. e. vollständ. Gesch. d. hebr. Sprache, d. Talmuds etc. 4. Hann. 1832. Pp. 143 Seiten.
986 — Gesch. d. hebr. Sprache u. Literatur. 2. Aufl. 4. Hannover 1826. 63 Seiten.
987 **Boeckel**, de hebraismis N. Test. specimen. Lips. 1840.
988 **Bodek**, A., Marcus Aurelius Antoninus, röm. Kaiser, als Zeitgenosse Rabbi Jehuda ha-Nasi. Lpz. 1868. Pp. 158 Seiten.
989 **Boden**, Sendschreiben an Prof. Ewald üb. hebr. Grammatik. Hdlb. 1832. Cart.
990 **Bodenheimer**, d. Lied Mosis. Wissenschaftl. Vergl. Cref. 1856. Pp.
991 **Bodenschatzens**, J. Chr. G., kirchliche Verfassung d. heut. Juden, sonderlich derer in Deutschland. 4 Thle. M. 30 Kpfrn. 4. Erl. 1748/49. In 1 Hldrbde.
992 **Bolaffey**, an easy grammar of the primaeval language commonly called Hebrew. Lond. 1820. Hlwd. 491 Seiten.
993 **Bondi**, E., theoret.-prakt. Elementar-Buch d. hebr. Sprache. 2 Thle. gr.-8. Prag 1845. In 1 Hlwdbde.
994 **Bondi**, S. u. M., Beleucht. der im Talmud von Babylon u. Jerusalem in den Targumim u. Midraschim vorkommenden fremden besond. lat. Wörter. Hebr. u. deutsch. Dessau 1812. Cart.
995 **Böttcher**, Fr., exeget.-krit. Aehrenlese z. A. Test. gr.-8. Lpz. 1849. Hlwd. (2 M.)
996 — neue exeget.-krit. Aehrenlese z. A. Test. 1. Abth., Genesis — 2. Samuelis. gr.-8. Lpz. 1863. (5⅕ M.)
997 **Böttcher**, J. F., hebr. Paradigmen. 4. Dresd. 1825. Pp.
998 — de inferis rebusque post mortem futuris ex Hebraeorum opinionibus. Vol. I. Grammatica. Dresd. 1846. Pp. (6 M.)
999 **Bouget**, grammaticae hebraeae rudimenta. Ed. II. Romae 1717. Pgt. 211 pp. Wasserfl.
1000 **Boysen**, Beyträge zu einem richtigen System der hebr. Philologie. Lpz. 1762. Pp. 454 Seiten.
1001 **Brachot**, der talmud. Tractat von den Lobsprüchen als das 1. Buch im ersten Theil nach der hierosolymitan.- u. babylon. Gemara. A. d. Hebr. v. Rabe. 4. Halle 1777. Pp. (7 M.)
1002 **Bretschneider**, lexici in interpretes graecos Vet. Test. maxime scriptores apocryphos spicilegium. Lps. 1805. 281 pp.
1003 **Brück**, rabinische Ceremonialgebräuche in ihrer Entstehung u. Entwickelung. Bresl. 1837. Etwas wasserfl.
1004 **Brückner**, G., Hülfsb. z. method. Einübung d. hebr. Grammatik. Lpz. 1842. Pp.
1005 — hebr. Lesebuch. M. Glossar. 2. Aufl. Lpz. 1855. Hlwd. 210 S.
1006 Das **Buch** Ochlah W'ochlah (Masora). Hrsg., übers. u. m. Anmerkgn. v. Frensdorff. 4. Hannover 1864. Hfrz.
1007 **Bücher**, die historischen, des A. Test., das Buch Josua, der Richter, Ruth u. d. 1. Buch Samuels, so wie sie auf Befehl Conrad IV. in d. Mitte d. 13. Jahrh. in e. gereimten Uebersetz. entworffen worden sind. Hrsg. v. G. Schütze. 4. Hamb. 1779. Ldr.

1008 **Bücher** Moses, die fünf. Der Urtext. Die deutsche Uebersetz., m. Zugrundeleg. d. Philippson'schen Bibelwerks, revidirt v. Philippson, Landau u. Kämpf. Lpz. 1862. Hlwd. 516 S.
1009 **Buxtorf**, J., concordantiae bibliorum hebraicae, nova et artificiosa methodo dispositae. fol. Basileae 1632. Pgt. Etwas wasserfl.
1010 — concordantiae bibliorum hebr. et chaldaicae. Editore B. Baer. 4. Stettini 1861. In 4 Hfrzbdn. (30 M.)
1011 — epitome grammaticae hebr. illustr. J. Leusden. Ed. IV. Lugd. Bat. 1716. Ldr. 176 pp. Etw. wasserfl.
1012 — florilegium hebraicum. Basil. 1648. Pp. 390 pp.
1013 — institutio epistolaris hebr. C. epistolarum hebr. centuria, ex quibus 50 lat. explicatae sunt. Basil. 1629. Pgt. 462 pp. Wasserfl.
1014 — lexicon chaldaicum, talmud. et rabbinicum. fol. Bas. 1640. Pgt.
1015 — id. liber. Fasc. II—XVI. Lex.-S. Lips. 1866/70. (22½ M.)
1016 — lexicon hebr. et chald. Basil. 1698. Pgt.
1017 — manuale concordantiarum ebraeo-biblicarum. 4. Witteb. 1653.
1018 — manuale concordantiarum ebraeo-biblicarum. Witteb. 1653. — Struve, J. J., rudimenta logicae Ebraeorum. Jenae 1697. — Scherzer, J. A., commentariorum rabbinicor. versio. Lps. 1672. — Happenini, J., meditatio, cujus singulae voces à Mem incipiunt. Lps. 1662. — Cosri liber, hebr. et lat., illustr. J. Buxtorf. Basil. 1660. In 1 Pgtbde.
1019 — manuale hebr. et chald. Ed. VI. 16. Basil. 1658. Pgt. Etw. wasserfl.
1020 — synagoga judaica noviter restaurata. In deutscher Sprache. Frkft. 1737. Hpgt. 608 S.
1021 — thesaurus grammaticae linguae s. hebraeae. Basil. 1609. Ldr. 671 pp.
1022 — Tiberias s. commentarius Masorethicus. 4. Basil. 1620. Pp. 323 pp.
1023 **Calimani**, S., grammatica ebrea, spiegata in lingua ital. 2. ed. Pisa 1751.
1024 **Callenberg**, J. H., jüdisch-teutsches Wörterbüchlein. Halle 1736. Pp. 200 Seiten.
1025 **Campe**, Sittenbüchlein f. Kinder, hebr. u. deutsch von Samostz. Bresl. 1846.
1027 **Caro**, J. H., d. jüdische Ritual beim Schlachten in katechet. Form m. Quellenanweis. versehen. Hebr. Lpz. 1859. 106 S.
1028 **Cassel**, Gesch. d. jüd. Literatur. I. Abth. Biblische Lit. 1. Abschn.: Die poet. Literatur. Berl. 1872.
1029 **Catalogue** of the Hebrew Books in the library of the British Museum. gr.-8. Lond. 1867. Lwd. 891 pp.
1030 **Cavedoni**, C., bibl. Numismatik od. Erklär. der in d. heil. Schrift erwähnten alten Münzen. M. 1 Taf. 2 Thle. A. d. Ital. v. Werlhof. Hannov. 1855. Pp. (4½ M.)
1031 **Cellarii** horae samaritanae. Ed. II. 4. Frcft. 1705. Cart.
1032 **Ceruti**, G., il libro Giobbe recato dal testo ebreo in versi italiani. (Ebr. ed ital.) 2. ediz. Roma 1773. Hldr.
1033 **Chrysander's** jüdisch-teutsche Grammatik. — Ders., Unterricht v. Nutzen des Juden-Teutschen. Wolfenbüttel 1750. In 1 Ppbde. 4.
1034 **Clodius**, J. Chr., lexicon hebraicum selectum. Lips. 1744. Pgt. 554 pp.
1035 **Coccii**, J., lexicon et commentarius sermonis hebr. et chald., opera et studio J. H. Maji. fol. Frcft. 1714. Hpgt.
1036 — et J. H. **Maius**, lexicon et commentarius sermonis hebr. et chaldaici, ed. J. Chr. Fr. Schulz. 2 tom. gr.-8. Lps. 1777. Hldr.
1037 **Coch**, J., duo tituli thalmudici Sanhedrin et Maccoth, c. excerptis ex utriusque gemara. Hebr. et lat. 4. Amst. 1629. Ldr.
1038 **Cohen**, morgenländ. Pflanzen auf nördl. Boden. Sammlg. hebr. Poesien nebst deutscher Uebersetzung. Frkft. 1807. 156 Seiten. Etwas wasserfl.
1039 **Collin**, die Beschneidung der Israeliten u. ihre Nachbehandlung. Lpz. 1842. Cart.
1040 **Conforte**, R. D., liber Kore-Ha-Dorot, hebr. ed. Cassel. 4. Berol. 1846. (6 M.)
1041 **Corvé**, chrestomathia rabbinica, hebr. et lat. Pars I. (unica.) Berol. 1844. Pp. (2¼ M.)

1042 **Liber Cosri** ex Arab. Jehudae Levitae Hisp. in sermonem hebr. translatus a Jehuda Aben Tibbon Hisp., ed. Is. Metz. Hamb. 1838. (5 M.)
1043 **Cramer,** C. Fr., scyth. Denkmähler in Palaestina. Kiel 1777. Hlwd. 316 S. Etw. braunfl.
1044 **Creizenach,** M., Schulchan Aruch od. encyclopäd. Darstell. d. Mosaischen Gesetzes. (Nach rabbin. Satzungen). 4 Thle. Frkft. a/M. 1833/40. In 2 Hlwdbdn. (10 1/5 M.)
1045 **v. Dale,** A., diss. super Aristea de LXX interpretibus. Add. historia Baptismorum, c. Judaicorum, tum potissimum priorum Christianorum. 4. Amst. 1705. Hldr. 506 pp.
1046 **Danielis** et **Esrae** chald. capitum interpretatio hebr. ed. B. Kennicott. Halae 1782. — Chrestomathia hebr. Ibid. 1783. — Vocabularium cont. totius chrestomathiae hebr. vocabula. Ibid. 1782. In 1 Hpgtbde. Etw. fleckig.
1047 Il **Dante** ebreo ossia il picciol santuario, poema didattico in terza rima, cont. la filosofia antica e tutta la storia letteraria giudaica sino all' età sua, dal R. Mosè, medico di Ricti, pubbl. dal Dr. J. Goldenthal. Vienna 1851.
1048 **Danz,** J. A., hebr. u. chald. Grammatik, übers. u. m. Anmerk. v. G. D. Kypke. Bresl. 1784. — **Bast,** J. Ph. Chr., Anhang hierzu. Ebd. 1784. In 1 Ppbde.
1049 — interpres ebraeo-chaldaeus. Ed. III. Jenae 1715. Hlwd. 446 pp.
1050 — interpres ebr.-chald. omnes utriusque linguae idiotismos dextere explicans. 4. Jenae 1755. Hpgt.
1051 — literator ebraeo-chald., plenam utriusque linguae Vet. Test. institut. harmonice tradens. Ed. III. Jenae 1715. Hlwd. 501 pp.
1052 — paradigmata nominum simplicium, ac verborum (hebr.) integra. Jenae 1716. Hlwd. 129 pp.
1053 — rabbinismus enucleatus. Ed. III. Jenae 1714. Hlwd. 148 pp.
1054 **Davidis** psalmi XII, et totidem s. scripturae Vet. Test. integra capita, c. tribus interpr. adparere voluit M. Meibomius. fol. Amst. 1698. Ldr.
1055 **Davidis** psalterii. Ed. nova, acc. ad singulos psalmos notae breves textuales et philologicae, hebr. et lat. ed. A. Hulsius. 24. Lugd. B. 1650. Lederbd.
1056 **Delitzsch,** Fr., Commentar üb. d. Genesis. 3. Ausg. gr.-8. Lpz. 1860. Hlwd. (10 M.)
1057 — histor. Commentar üb. die poetischen Bücher d. Alten Test. III. Bd.: Das Salomonische Spruchbuch. Lpz. 1873.
1058 — Commentar über d. Psalter. 2 Thle. gr.-8. Leipzig 1859/60. Hlwd. (19 M.)
1059 — Commentar zum Briefe an die Hebräer. Lpz. 1857. Hlwd. (13 M.)
1060 — zur Gesch. d. jüd. Poesie. Lpz. 1836. Hlwd. (4 M.)
1061 — Handwerkerleben z. Zeit Jesu. Erl. 1868. Pp.
1062 — das Hohelied untersucht und ausgelegt. Lpz. 1851. Hlwd.
1063 — Physiologie u. Musik in ihrer Bedeut. f. d. Grammatik, besonders d. hebräische. M. 3 Abbild. u. e. Beilage. Lpz. 1868. Pp. 47 S.
1064 **Delitzsch,** J., de inspiratione Scripturae sacrae quid statuerint patres apostolici et apologetae secundi saeculi. Diss. Lps. 1872. 98 pp.
1065 **Depping,** G. B., d. Juden im Mittelalter. Ein histor. Versuch über ihre bürgerlichen, literärischen u. Handels-Verhältn. A. d. Franz. gr.-8. Stuttgart 1834. Pp. (4½ M.)
1066 **Dessauer,** Leschon Rabbanan od. gedrängtes, vollständ. aram.-chald.-deutsches Handwörterbuch. Erl. 1838. Hlwd. (6 M.)
1067 **Deutsch,** Leitfaden zum Erlernen der hebräischen Sprache. Pest 1859. Pp. 304 Seiten.
1068 — Proben aus s. literar. Nachlass. Deutsch u. hebr. Gleiwitz 1855.
1069 **Dibbits,** L., de hebraica poësi cum graeca comparata. Traj. ad Rh. 18 8.
1070 **Dietrich,** F. E. Chr., Abhandlungen z. hebr. Grammatik. Leipzig 1846. Pp. (6 M.)
1071 — Abhandlungen für semitische Wortforschung. Lpz. 1844. Pp. (7½ M.)

1072 **Dillmann**, A., das Buch Henoch, übersetzt und erklärt. Leipzig 1853. Hlwd. (6½ M.)

1073 **Dindorf**, Th. J., quomodo nomen קהלת Salomoni tribuatur. 4. Lps. 1791. Pp. 15 pp.

1074 **Dithmar**, J. Chr., constitutiones de jurejuranda ex R. M. Maimonidis opere lat. redditae notisque illustr. Hebr. et lat. 4. Lugd. Bat. 1706. Pgt. 226 pp. Unbed. wasserfl.

1075 **Dolmetscher**, jüdischer. Nürnb. 1735. — Sprachmeister, jüd. Frkft. 1742. — Entdeckung d. gantzen jüd. Synagog. o. O. u. J. — Christfelss, P. E., d. neue Judenthum. 1. Thl. Onolzbach 1734. In 1 Hldrbde. Stark beschnitten.

1076 **Drechsler**, der Prophet Jesaja übers. u. erkl. Bd. I., II. 1. Cap. 13—27. Stuttgart 1845/49. Hlwd. u. br.

1077 — Grundleg. z. wissenschaftl. Konstruktion d. gesammten Wörter- und Formenschatzes, zunächt d. semitischen, versuchweise und in Grundzügen der indo-german. Sprachen. Erl. 1830. Hlwd. 308 S.

1078 **Dukes**, L., Ehrensäulen u. Denksteine zu e. künftigen Pantheon hebr. Dichter u. Dichtungen. Wien 1837. 109 S.

1079 — zur Kenntniss der neuhebr. religiösen Poesie. Frkft. 1842. Pp.

1080 **Duran**, Maase Efod, Einleit. in d. Studium u. Grammatik d. hebr. Spr. Wien 1865. Hlwd. (5 M.)

1081 **Eckhard**, F., conjecturae de cod. gr. N. Test. Halberst. 1722.

1082 **Edzardus**, G. E., tractatus talmudici Avoda Sara sive de idololatria caput I, e gemara babylonica, hebr. et lat., annotat. illustr. 4. Hamb. 1705. 346 pp. Einige Bl. am Rande leicht beschädigt.

1083 — tractatus talmudici Berachot sive de benedictionibus et precationibus caput I. lat. redditum et adnotat. illustr. 4. Hamb. 1713. Hldr. 290 pp.

1084 **Ehrt**, C., Versuch e. Darstellung der hebr. Poesie nach Beschaffenheit ihrer Stoffe. Dresd. 1865. 124 Seiten.

1085 **Eichhorn**, J. G., commentationes de prophetica poësi Hebraeorum paralipomena continentes. 4. Gött. 1833. Pp. 66 pp.

1086 **Einhorn**, J., die Revolution u. d. Juden in Ungarn. gr.-8. Leipzig 1851. Hlwd. (2½ M.)

1087 **Eisenmenger**, J. A., entdecktes Judenthum. Thl. 1. 2. Königsberg 1711. 4. Prgmt.

1088 **Eliae Leuitae** grammatica hebraica, p. Sebast. Munsterum lat. donata, hebr. et lat. Basil. 1527. Holzbd.

1089 — id. liber. Bas., Froben, 1552. — Clenardus, tabula in grammaticen hebraeam. Paris 1552. In 1 Pgtbd.

1090 **Eliakim Panzi** clavis gemarica, hebr. c. vers. lat. et notis illustr. Chr. H. Ritmeiero. 4. Helmst. 1697. Pp.

1091 **Elwert**, C. G., deutsch-hebräisches Wörterbuch. 2 Thle. Reutl. 1822. In 1 Hlwdbd.

1092 **Engelbreth**, W. F., libri qui vulgo inscribitur sapientia Salomonis lat. conversi et explicati specimina I. et II. Hafniae 1816. Cart.

1093 **Epistolae** samaritanae Sichemitarum ad Jobum Ludolfum, c. vers. lat. 4. Cizae 1688.

1094 **Erter**, J., gesammelte Schriften, hebr. Wien 1864. Pp. (3 M.)

1095 **Esaiae** commentarius in Josuam, versione ac notis illustr. J. A. Steinmetz. 4. Lps. 1712. Pp. 42 pp.

1096 **Evangelia** quatuor Novi Testamenti, hebr. et lat., opera J. B. Jona. fol. Roma 1668. Pgt.

1097 **Ewald**, G. H. A., kritische Grammatik der hebr. Sprache. Leipzig 1827. Pp. (6 M.)

1098 — Grammatik d. hebr. Sprache d. A. T. Lpz. 1828. Pp.

1099 — Grammatik der hebräischen Sprache des A. Test. 2. Aufl. Lpz. 1835. Pp.

1100 — d. Lehre d. Bibel v. Gott od. Theologie d. Alten u. Neuen Bundes. Bd. I. II. 1. Hälfte. gr.-8. Lpz. 1871/73. (15 M.)

1101 **Ewald,** H., ausführl. Lehrbuch d. hebr. Sprache des alten Bundes. 5. Ausg. gr.-8. Lpz. 1844. Hlwd. (7½ M.)
1102 — dasselbe. 6. Ausg. Lpz. 1855. Hlwd. (10½ M.)
1103 — hebr. Sprachlehre. Lpz. 1842. Hldr.
1104 — dieselbe. 2. Ausg. Lpz. 1855. Hlwd.
1105 — u. L. **Dukes,** Beiträge z. Gesch. d. aeltesten Auslegung u. Spracherklärung d. A. Test. 3 Bde. gr.-8. Stuttg. 1844. In 1 Hfrzbde. (12 M.) Am unteren Rande wasserfl.
1106 **Faber's** Anmerkungen z. Erlern. des Talmudischen u. Rabbinischen. Gött. 1770. Pp. 72 S.
1107 **Felix,** Bruder, Prediger zu Vlm im Prediger-Closter, eigentlich beschreibung der hin vnnd wider farth zu d. heyl. Landt gen Jerusalem. 4. (Vlm) 1557. Hldr. Etwas fleckig u. beschrieben.
1108 **Fessler,** J., illustrationes linguarum orientalium, hebr., chald., syr. et arab. 2 prts. Wratisl. 1787. In 1 Ppbd.
1109 **Festgebete** d. Israeliten m. vollständ. Texte, übers. u. erläut. v. M. Sachs. 4 Thle. gr.-8. Berl. 1855/56. In 2 Hlwdbdn. (6 M.)
1110 **Fischer,** J. Fr., commentatio de statu et jurisdictione Judaeorum. Argent. 1763. — Hoscher, H. W., de statu Judaeorum hodierno in Germania. Diss. Mogunt. 1764. In 1 Hfrzbde. 4.
1111 **Flachs,** disputatio de restituendis versibus duobus Jos. XXI. in quibusdam cod. hebr. omissis. 4. Lips. 1714. Pp.
1112 **Formstecher,** Buchenstein u. Cohnberg. Familiengemälde. Frkft. 1863.
1113 **Forster,** J., dictionarium hebraicum novum. fol. Basil. 1557. Holzbd.
1114 **Forster,** J. R., de bysso antiquorum, quo ex aegyptia lingua, res vestiaria antiquorum, impr. in s. cod. hebr. occurrens expl. London 1776. Pp. 132 pp.
1115 **Fränkel,** D., Nachricht von der jüd. Haupt- und Freyschule in Dessau. Dessau 1804. Pp.
1116 **Fränkel,** M., Trifolium. Ueber Prophetismus, Zahlensymbolik u. Bücherreiz. Hamb. 1832. Cart.
1117 **Frankel,** Z., üb. palästin. u. alexandrin. Schriftforschung. 4. Breslau 1854. Cart. Progr.
1118 — Vorstudien zu der Septuaginta. Lpz. 1841. Lwd.
1119 **Frankl,** L. A., Ahnenbilder. Lpz. 1864. Pp.
1120 — Ahnenbilder. In hebr. Nachbild. v. M. Letteris. Wien 1866. 118 S.
1121 — Inschriften des alten jüdischen Friedhofes in Wien. Hebr. Wien 1855. 154 Seiten.
1122 — nach Jerusalem! 2 Thle. Lpz. 1858. Hlwd. (8 M.)
1123 — der Primator. Gedicht in 7 Gesängen. 2. Auflage. Leipzig 1862. 72 Seiten.
1124 **Freytag,** G. W., Grammatik d. hebr. Sprache. Halle 1835. Pp. (3 M.)
1125 **Friedrich,** Unterricht in d. Judensprache u. Schrift. Prentzlow 1784. Pp.
1126 **Fürst,** J., bibliotheca judaica. Bibliogr. Handb. d. gesammten jüd. Literatur. 3 Bde. Lpz. 1849/63. In 2 Hfrzbdn. (42 M.)
1127 — Formenlehre der hebräischen Grammatik. Leipzig 1835. Hlwd. (4 M.)
1128 — Gesch. d. Karäerthums bis 900 d. gewöhnl. Zeitrechnung. Lpz. 1862. Hlwd. 186 S.
1129 — Gesch. d. Karäerthums. Von 900 bis 1575 d. gewöhnl. Zeitrechnung. gr.-8. Lpz. 1862. (4 M.)
1130 — Geschichte des Karäerthums. Die letzten vier Abschnitte. Lpz. 1869.
1131 — hebr. u. chald. Handwörterbuch üb d. A. Test. 2 Bde. Lex.-8. Lpz. 1857/61. Hfrz. (15¾ M.) Wie neu.
1132 **Fürstenthal,** rabbinische Anthologie. Erzählungen, Sprichwörter etc. der alten Hebräer. Hebr. mit deutschen Erläuterungen. Breslau 1834. Hlwd. (6¾ M.)
1133 — Freudenstimme oder Purim-Gebete. 2. Auflage. Krotoschin 1845. 234 Seiten.

1134 **Fürstenthal**, d. vollst. Gebete d. Israeliten f. d. ganze Jahr. Deutsch u. hebr. mit Anmerk. Neue Ausg. Prag 1864. Lwd. m. Goldschn. 418 S.
1135 — Tehillath El. Enth. d. tägl. Gebete d. Israeliten. Deutsch u. hebr. m. Anmerk. Neue Ausg. gr.-8. Prag 1857. 416 S.
1136 Frater **Gabriel** de pechwarodino, compendiosa descriptio urbis Hierusalem, atque diligens omnium locorum terre sancte in Hierosolymis adnotatio. Compendium locorum terre Sancte. 4. s. l. et a.
1137 **Gannach**, Jona ben, Sefer Harikma. Grammaire hebraique. Publ. p. Goldberg. Frkft. 1856. Hldr. 252 pp.
1138 **Ganz**, David, chronologia sacraprofana, cui addita sunt Pirke vel capitula R. Elieser; ex hebr. in lat. versa et observat. illustr. per G. H. Vorstium. 4. Lugd. Bat. 1644. Pgt. 568 pp.
1139 **Gebedt**, het dagelicks, der Joden. Amst. 1666. Cart.
1140 **Gebete** d. deutschen u. poln. Israeliten. A. d. Hebr. mit Anmerk. v. J. A. Euchel. 3. Aufl. Wien 1824. Pp. 458 S. Einige S. fleckig.
1141 **Gebete**, die täglichen, der Israeliten, hebr. u. deutsch. Rödelheim 1859. Hldr. in Carton.
1142 **Geier, M.**, de Ebraeorum luctu lugentiumque ritibus. Ed. III. 16. Francf. ad M. 1683. Pp. 445 pp.
1143 — praelectiones academicae in Danielem Prophetam. 4. Lipsiae 1667. Pgt. 1002 pp.
1144 **Geiger**, Abr., Leon da Modena u. s. Stellung z. Kabbalah, z. Talmud u. z. Christenth. Rabbin. u. deutsch. Bresl. 1856. Lwd. 100 S.
1145 — Sal. Gabirol u. s. Dichtungen. Lpz. 1867. Pp.
1146 — Lehr- u. Lesebuch z. Sprache d. Mischnah. 2 Abth. Bresl. 1845. In 1 Hlwdbde. (3 M.)
1147 **Gelbe**, H., Beitrag zur Einleitung in das Alte Testament. Leipzig 1866. Lwd. 132 S.
1148 — hebr. Grammatik. Lpz. 1868. Pp.
1149 — üb. d. Unterricht in d. hebr. Sprache an d. Gelehrtenschulen. gr.-4. Lpz. 1866. 23 S.
1150 **van Gelder**, E., d. Volksschule d. jüdischen Alterthums nach talmud. u. rabbin. Quellen. Diss. Berl. 1872. 31 S.
1151 **Genesis** d'après la version turque des Juifs Kerait de la Crimées, avec des lettres hebreux; transcrit et accordé par les Missionaires Ecossais à Astrakhan. 1819.
1152 **Gerson**, Chr., Chelec oder talmudischer Jüdenschatz. Helmst. 1610. 384 Seiten. Etw. wurmstichig.
1153 Zur **Geschichte d.** christl. Kirche bis z. Anfange d. 4. Jahrh. D. Volke Israels gewidmet. 2. Ausg. Berl. 1853. Pp.
1154 **Gesenius**, anecdota orientalia. Fasc. I.: Carmina samaritana. 4. Lips. 1824. Hlwd. 106 pp.
1155 — lexicon manuale hebr. et chald. in Vet. Test. libros. Ed. II. Lex.-8. Lps. 1847. Hfrz. (14½ M.)
1156 — de Pentateuchi samarit. origine, indole et auctoritate. 4. Halae 1815. Pp.
1157 — thesaurus philolog.-crit. linguae hebr. et chald. Vet. Testamenti. 3 voll. 4. Lips. 1835/53. Hfrz. (51 M.)
1158 — id. liber. Tomi III. fasc. novissimus. 4. Lips. 1858.
1159 — der Prophet Jesaia. Uebersetzt u. m. e. philol.-krit. u. hist. Comment. begleitet. 3 Thle. in 4 Bdn. Lpz. 1821/29. Pp. 1. Thl. in 2. Aufl.
1160 — Gesch. d. hebr. Sprache u. Schrift. Lpz. 1815. Pp.
1161 — hebr. Grammatik, neu bearb. v. E. Rödiger. 14. Aufl. gr.-8. Lpz. 1845. Hldr. (2$^{7}/_{10}$ M.)
1162 — dieselbe. 17. Aufl. Lpz. 1854. Hlwd.
1163 — dieselbe. 19. Aufl. Lpz. 1862. (2$^{4}/_{5}$ M.)
1164 — dieselbe. 20. Aufl. gr.-8. Lpz. 1866. Hlwd. (2$^{4}/_{5}$ M.)
1165 — dieselbe. 21. Aufl. Lpz. 1872.
1166 — hebr. u. chald. Handwörterb. üb. d. Alte Test. 4. Aufl. 2 Bde. Lpz. 1834. In 1 Hfrzbd.

1167 **Gesenius**, hebr. u. chald. Handwörterb. üb. d. Alt. Test. 5. Auflage. 2 Theile in 1 Bd. gr.-8. Leipzig 1857. Hlwd. (12 M.)
1168 — dasselbe. 6. Aufl. gr.-8. Lpz. 1863. Hfrz. (12 M.)
1169 — Lehrgebäude der hebräischen Sprache. gr.-8. Leipzig 1817. Hldr. 908 Seiten.
1170 — hebr. Lesebuch. Halle 1814. Pp. 173 S.
1171 — dasselbe. 6. Aufl. Halle 1834. Pp.
1172 — Bibliotheca Geseniana. Halis ad Sax. 1843. Pp. 204 pp.
1173 **Giehrl**, jüd. Conversationslexikon. 2 Thle. in 1 Bd. Nürnb. 1829. Hfrz. (4½ M.)
1174 **Giraud**, vocabulaire hébreu-franç. Vilna 1825. 273 pp.
1175 **Giustiniani**, G. A., parafrasi sopra li primi 50 salmi di David. Poesia. 16. Venezia 1805. Pp. 415 pp.
1176 **Gladisch**, Anaxagoras u. die Israeliten. Lpz. 1864. (10⅖ M.)
1177 **Goldenthal**, Grundzüge u. Beiträge zu einem sprachvergleichenden rabbin.-philos. Wörterbuche. fol. Wien 1849.
1178 — dasselbe. fol. Pp. Ausschn. 35 Seiten.
1179 — d. neuerworbenen handschriftl. hebr. Werke d. k. k. Hofbibliothek zu Wien, beschrieben sammt Ergänz. z. Krafft'schen Catalog. gr.-4. Wien 1851. (6 M.) Einige S. am Rande wasserfl.
1180 **Goldstein**, H., ebr. Schulgrammatik. Bresl. 1848. Pp. 168 Seiten.
1181 **Gomarus**, Fr., Davidis lyra, seu nova hebraea S. Scripturae ars poetica. Lugd. Bat. 1637. — Irhovii, G., conjectanea in Psalmorum titulos. Ibid. 1728. — Sommer, G. Chr., specimen theologiae soharicae. Gothae 1734. In 1 Ppbde. 4.
1182 **Graf**, K. H., der Prophet Jeremia erklärt. Lpz. 1862. Hlwd. (12 M.)
1183 **Graetz**, H., Geschichte der Juden. Bd. 3—10. Lpz. 1856/68. Hlwd. u. Bd. 9 u. 10 br.
1184 — Geschichte der Juden, IX. Bd.: von der Verbannung der Juden aus Spanien u. Portugal bis zur Ansiedelung der Marranen in Holland (1618). Lpz. 1866.
1185 — Gnosticismus u. Judenthum. Krotoschin 1846.
1186 **Gregorii** Bar Hebraei in Jesaiam scholia, syriace, ed. et annotat. illustr. O. Fr. Tullberg. 4. Upsaliae 1842. 58 pp.
1187 — scholia in librum Jobi, syriace et lat., notis instrux. G. H. Bernstein. fol. Vratisl. 1858. Pp. (2 M.)
1188 **Grotii** adversus Muhammedanos liber ab Ed. Pocokio in linguam arab. transl. Halae 1731. Pp.
1189 **Grundt**, Fr., d. Trauergebräuche der Hebräer. Diss. Lpz. 1868. 60 S.
1190 **Grünwald**, d. Glaubens- u. Sittenlehren des Talmuds. Lpz. 1854. Hlwd.
1191 **Guglielmo**, D., sole della lingua santa nel quale breuemente, e chiaramente si contiene la grammatica hebrea. 4. Bergamo 1599. Pgt. Etwas fleckig. 415 pp.
1192 **Guriel**, J., elementa linguae chaldaicae, quibus acc. series patriarcharum Chaldaeorum. gr.-8. Romae 1859. Hlwd. 256 pp.
1193 **Gussetii**, J., lexicon linguae hebraicae. Ed. II. gr.-4. Lps. 1743. Hldr. 1748 pp. Titel handschriftlich.
1194 **Güte**, Anfangsgründe d. hebr. Sprache. Halle 1782. 123 Seiten.
1195 **Haab**, hebr.-griech. Grammatik. Tüb. 1815. Hldr.
1196 **Hagen**, J. A., sprachl. Erörterungen zur Vulgata. Freib. 1863. Pp.
1197 **v. d. Hagen**, d. romantische- u. Volks-Litteratur d. Juden in jüdisch-deutscher Sprache. 1. Thl. 4. 1854. Pp. 11 S. Ausschn.
1198 **Handlexicon**, nützliches, der jüdischen Sprache. Prag 1776. Pp.
1199 **Handlexikon** d. jüdisch-deutschen Sprache. Prag 1780. Hldr.
1200 **Hantschke**, J. C. L., hebr. Uebungsbuch. gr.-8. Lpz. 1823. Pp. 142 S.
1201 **v. d. Hardt**, tract. talmudicus de plagis. Antiquitatum judaicarum comp. Helmst. 1720. 47 pp.
1202 — via in Chaldaeam brevis et expedita in fundamentis linguae c. textu chald. Danielis, Esbae etc. c. versione. Ed. IV. Helmst. 1732. Hldr. 188 pp.

1203 **Harkavy**, A., d. Juden u. d. slawischen Sprachen. Hebr. Vilna 1867. (2⅖ M.)
1204 **Hartmann**, A. Th., supplementa ad Buxtorfii et Gesenii lexica. 4. Rost. 1813. Pp. 44 pp.
1205 — thesauri linguae hebr. e mischna augendi part. dua. 4. Rost. 1825. Pp. 48 pp.
1206 — hist.-krit. Forschungen üb. die Bildung, d. Zeitalter u. d. Plan d. 5 Bücher Moses. Rostock 1831. Pp. (12 M.)
1207 **Haselbauer**, Fr., lexicon hebraico-chaldaicum una cum capitibus dictionum seu abbreviaturis in libris et scriptis Judaeorum passim occurrentibus. fol. Pragae 1743. Hfrz. Vorzüglich erhaltenes Explr.
1208 **Hasse**, J. G., biblisch-oriental. Aufsätze. Königsb. 1793. — Ders., Magazin f. d. biblisch-oriental. Litteratur u. gesammte Philologie. 1. Thl. 1. Abschn. Ebd. 1788. In 1 Hldrbde.
1209 **Hegelmaier**, T. G., chaldaismi biblici fundamenta. Tub. 1770. Pp.
1210 **Heidegger**, J. H., exercitationes biblicae. 4. Tiguri 1700. Pgt.
1211 **Heilbut**, rabbinische Chrestomathie, hebr. Hann. 1856.
1212 **Heinemann**, W., an introductione to the Hebrew language. Lond. 1823. Lwd. 105 pp.
1213 **Heinii**, J. Ph., dissertationes sacrae libri II. 4. Amst. 1736. Pp. 332 pp.
1214 **ab Helmont**, alphabeti vere naturalis hebraici delineatio. C. 36 tabb. 12. Sulzb. 1657. Pp.
1215 **Herbst**, conjecturae etymologicae de linguae hebraeae radicibus הב et כה. Halis 1842. Pp. (3 M.)
1216 **Herxheimer**, S., Anleit. z. Erlern. d. Ebräischen. 3. Aufl. Berl. 1848. 78 S.
1217 **Herzfeld**, L., Geschichte d. Volkes Israel von d. Zerstörung des ersten Tempels bis zur Einsetzung des Mackabäers Schimon zum hohen Priester. Lpz. 1870. 352 Seiten.
1218 — zwei Vorträge üb. d. Kunstleist. d. Hebräer. Lpz. 1864. Pp. 62 S.
1219 **Hezel**, paläograph. Fragmente üb. d. Schrift d. Hebräer u. Griechen. Berl. 1816. Pp.
1220 — Anweisung zum Chaldäischen. Lemgo 1787. Pp. 124 S.
1221 — Gesch. d. hebr. Sprache u. Literatur. Nebst e. Anh. Halle 1776. Pp. 394 S.
1222 — hebr. Sprachlehre. Halle 1777. Hldr.
1223 — krit. Wörterb. d. hebr. Sprache. 1. Bd. 1. Stück. (Mehr erschien nicht.) Halle 1793. Pp. 204 S.
1224 **Hiller**, syntagmata hermeneutica, quibus loca scripturae sacrae plurima ex hebr. textu explicantur. Tub. 1711. — Wokenii meditationes privatae theol.-philol.-philos.-criticae. 2 voll. Lps. 1716. — Wagenseil, meditationes sex varii argumenti. Ed. II. Altd. 1697. 4. In 1 Pgtbd.
1225 **Hilligeri**, J. W., summarium linguae aramaeae i. e. chaldaeo-syro-samaritanae. 4. Wittenb. 1679. Pp. 144 pp.
1226 **Hinrich**, M., Buch d. wahren Glaubens, worinnen bewiesen, dass Jesus der wahrhafft. Messias sey. Hebr. u. deutsch. 4. Hamb. 1723. Pp.
1227 **Hirschfeld**, Lekitas Joseph enth. hebr. gleichlautende Wörter von verschied. Bedeutungen in's Deutsche übers. 4. Lissa 1824.
1228 — schemoth hanirdaphim. Neues synonym. Handwörterb. d. hebr. Sprache m. deutscher Uebersetz. Frkf. a/O. 1828. Hlwd. 216 S.
1229 **Hirt**, J. F., Einleit. in die hebr. Abtheilungskunst der heil. Schrift. Jena 1767. Cart.
1230 **Hirzel**, L., de chaldaismi biblici origine et auctoritate crit. 4. Lips. 1830. Pp. Diss.
1231 **Hitzig**, F., die Grabschrift des Eschmunazar untersucht. Lpz. 1855. Pp.
1232 — Urgeschichte u. Mythologie d. Philistäer. gr.-8. Lpz. 1845. Hlwd. (5¼ M.)
1233 **van Hoogeveen-Sterck**, L., Christus. Christen-paeschtoonen. Antw. 1845. Pp. 24 pp. Der Schluss fehlt.
1234 **Hoseas** propheta, ebr. et chald. c. duplici versione lat. Acc. annotatt. G.

Coddaei. Lugd. B. 1621. — Jarchi commentar. in Pentateuch., rabbinice. Amst. 4. In 1 Pgtbd.
1235 **Hottinger,** J. H., grammaticae chaldaeo-syriacae libri II. Tig. 1652. Pp. 221 pp.
1236 **Hugues de Lincoln.** Recueil de ballades anglo-normande et ecossoises relatives au meurtre de cet enfant commis par les juifs en 1255. Publié p. Michel. Paris 1834. Pp. 64 pp.
1237 **Hulewicz,** notae characteristicae conjugationum linguae sanctae. Lugd. B. 1733. 134 pp.
1238 **Hüllmann,** Staatsverfassung d. Israeliten. Lpz. 1834. Pp. (3 M.)
1239 **Hupfeld,** de rei grammaticae apud Judaeos initiis antiquissimisque scriptoribus. 4. Halis 1846. Cart. Diss. Wasserfl.
1240 **Hutter,** E., alphabetum, ein ABC Büchlein / darauss man d. 4 Hauptsprachen / als Ebraisch / Griechisch / Lateinisch / Deutsch etc. leicht buchstabieren vnd lesen lernen kan. M. e. Tab. 4. Nürnb. 1597. Pp. 46 Seiten.
1241 **Jacobson,** J. H., israel. Gebetbuch, hebr. u. deutsch. Wollstein. 560 S.
1242 **Jahn,** aramäische od. chald. u. syr. Sprachlehre. Wien 1793. Pp.
1243 **Jahrbuch** f. d. Gesch. d. Juden u. d. Judenthums. Bd. 1—4. Lpz. 1860/69. Hlwd. u. br. (8 M.)
1244 **Jakob-Chajjim,** kurze hebr. Grammatik. Hebr. 4. Berl. 1796. Pp.
1245 **Jarchi,** R. Sal., commentarius hebr. in Vet. Test., lat. versus atque notis illustr. J. F. Breithaupt. 3 voll. 4. Gothae 1710/13. Hfrz.
1246 **Jastrow,** M., vier Jahrh. aus d. Gesch. d. Juden. Hdlbg. 1865. (2⅖ M.)
1247 **Jbbeken,** R., de sepultura Josephi patriarchae ex Hebraeorum maxime commentariis. Dissert. 4. Lps. 1697. Pp. 44 pp.
1248 **Jbn Zadik,** d. Mikrokosmus. Beitrag zur Religionsphilosophie u. Ethik. A. d. Arab. in's Hebr. übers. v. Jellinek. Lpz. 1854.
1249 **Jehuda aus Carpentras,** etymolog. Wörterbuch d. hebr. Sprache, nach zweifachen Principien behandelt. Hebr. 4. Jesnitz 1719. Hlwd. Selten.
1250 **Jeitteles,** Mevo Hallaschon vel fundamenta grammatica linguae chaldaicae usui tironum. Hebr. 4. Pragae 1813. Pp.
1251 **Jellinek,** der jüd. Stamm. Ethnograph. Studie. Wien 1869. Enth. u. A. sprachwissensch. Aufsätze.
1252 — Thomas v. Aquino in d. jüd. Literatur. Lpz. 1853. Pp.
1253 **Jesaia,** der Prophet. Hebr. Ausgabe von J. Heinemann. Berl. 1842.
1254 **Jjpeij,** A., taalkund. Aanmerkingen over verouderte en minverstaanbaare Woorden in de Staaten Overzetting des Bijbels. Amst. 1807. Cart.
1255 **Jizchak,** Befestigung im Glauben. Hebr. u. deutsch. Sohrau 1865. 397 S.
1256 **Interlinearversionen,** deutsche, d. Psalmen. Aus e. windberger Hdschr. zu München (XII. Jahrh.) u. e. Handschrift zu Trier (XIII. Jahrh.) hrsg. v. E. G. Graff. Quedlinb. 1839. Hlwd. (11½ M.)
1257 **Joël,** M., Verhältniss Alb. d. Grossen zu Moses Maimonides. 4. Bresl. 1863. 27 S.
1258 **Johlson,** J., hebr. Sprachlehre. Frkft. a.M. 1838. 238 S. 1 Blatt eingerissen.
1259 — bibl.-hebr. Wörterbuch. Frkft. a/M. 1840. Hlwd. (4½ M.)
1260 **Jona,** dottrina christiana breve. Trad. dalla ital. nella lingua hebr. 4. Roma 1658. Pgt.
1261 **Joseph ha Cohen,** emek habacha. A. d. Hebr. in's Deutsche übertr. v. Wiener. Lpz. 1858. Hlwd.
1262 **Joseph Rabbi,** paraphrasis chaldaica in librum priorem et poster. chronicorum. Hebr. et lat. ed. D. Wilkins. 4. Amst. 1715. Pgt.
1263 **Josephi** Hebraei, Flavii, opera omnia gr. et lat. Curavit Fr. Oberthür 3 voll. Lips. 1782/85. Hfrz. (27 M.)
1264 — Josephus' Selbstbiographie, übers. u. m. Anmerk. v. J. B. Frise. Altona 1806. 148 S.
1265 — Tuch, quaestiones de Fl. Josephi libris historicis. 4. Lps. 1859. 21 pp.
1266 **Josephus** hebraicus, videlicet, rerum memorabilium in populo Judaico gestarum libri VI, hebr. et lat. ed. J. F. Breithaupt. 4. Gothae 1710. Pgt.

1267 **Jost**, J. M., Gesch. d. Judenthums u. s. Sekten. 3 Abth. gr.-8. Lpz. 1857/59. Hlwd. (19⅓ M.)
1268 **Isaia**, il profeta, volgarizzato e comment. da S. D. Luzzatto. Hebr. et ital. Lex.-8. Padova 1855. 648 pp. S. 433 u. folgende 1867 hrsg.
1269 **D'Israeli**, David Alroy. Frei nach d. Engl. Lpz. 1862. Hlwd. 308 S.
1270 Der **Jude**, eine Wochenschrift, (hrsg. v. G. Selig). 9 Bde. Bresl. 1768/77. Bd. 7 unbed. wurmstichig.
1271 — Der Jude, oder Altes u. Neues Judenthum. (Hrsg. v. G. Selig.) 3 Bde. M. Kupfern. Lpz. 1781/87. Hldr.
1272 **Junius**, Fr., de linguae hebraeae antiquitate. 4. Neap. 1579. Pp.
1273 **Kabbala** denudata seu doctrina Hebraeorum transcendentalis et metaphysica atque theologica. 2 ptes. 4. Sulzbaci 1677/78. Pgt.
1274 **Kals**, de linguae ebraeae natalibus. 2 prts. Bremae 1753. In 1 Hlwdbd.
1275 **Kaempf**, S. J., üb. d. Bedeut. d. Studiums d. semit. Sprachen. Prag 1850. Pp. 29 S.
1276 — d. ersten Makamen aus d. Tachkemoni od. Divan d. Charisi. Hebr. u. deutsch. gr.-8. Berl. 1845. Hlwd. (4 M.)
1277 — zehn Makamen aus d. Tachkemoni od. Diwân d. Charisi, hrsg. u. erläutert. Hebr. gr.-8. Prag 1858. Hlwd. (4 M.)
1278 **Karg**, A. Fr. F., hebr. Chrestomathie od. Auswahl d. vorzügl. Stellen. d. A. Test. Hebr. u. lat. Lpz. 1824. Hldr. 176 pp.
1279 **Karle**, J. A., commentationes crit. ad Vet. Test. Lps. 1867. 36 pp.
1280 **Kaspi**, J., commentaria hebr. in Mosis Maimonidis tract. Dalalat al Hairin. Ed. Werbluner. Frcf. 1848. (3 M.)
1281 **Kayserling**, M., Gesch. d. Juden in Portugal. gr.-8. Lpz. 1867. (6 M.)
1282 — die Juden in Navarra, den Baskenländern u. auf d. Balearen. Berl. 1861. (4½ M.)
1283 — Mos. Mendelssohn. S. Leben u. s. Werke. Nebst e. Anh. ungedruckter Briefe von u. an M. Lpz. 1862. Hlwd. (6 M.)
1284 **Keilholz**, Fr. Chr., martyrium Stephani e pandectis Hebraeorum illustr. 4. Witteb. 1756. Hlwd. 96 pp.
1285 **Kennicott**. De libello contra Benjaminum Kennicott, ejusque collationem mss. hebraicorum. 4. Romae 1772. Cart.
1286 **Kimchi** Rabbi Davidis radicum liber s. Hebraeum bibliorum lexicon. C. animadv. Eliae Levitae, hebr. Edd. Biesenthal et Lebrecht. 4. Berol. 1847. (15 M.)
1287 **Kimchi**, Rabbi Mosche, grammatica hebr., p. S. Munsterum lat. versa. 12. Bas. 1536. Hldr.
1288 **Kirchner**, P. Chr., jüdisches Ceremoniel. Frckft. 1720. Hlwd. 115 S. Etw. wasserfl.
1289 **Kittseer**, J., Inhalt d. Talmuds u. s. Autorität, nebst e. geschichtl. Einleit. 2. Ausg. Pressb. 1861. Pp. (3½ M.)
1290 **Klein**, S., d. Judenthum od. d. Wahrheit üb. d. Talmud. Uebers. v. S. Mannheimer. Basel 1860. Pp. 151 S.
1291 **Knobel**, Commentar üb. d. Buch Koheleth. Lpz. 1836. Hlwd. (6 M.)
1292 — d. Genesis erklärt. gr.-8. Lpz. 1852. Hlwd. (4½ M.)
1293 — d. Prophet Jesaia erklärt. gr.-8. Lpz. 1843. Pp. (5½ M.)
1294 — derselbe. 2. Aufl. gr.-8. Lpz. 1854. Hlwd. (5$^{7}/_{10}$ M.)
1295 **Koch**, Fr. Chr., fundamenta linguae hebr. Jenae 1740. Hlwd. 545 pp.
1296 — praxis seu specimina totius grammatices hebraeae in analysi vocum hebraeorum. Jenae 1742. Hlwd. 228 pp.
1297 **Koegler**, notitiae s. s. bibliorum Judaeorum in imperio Sinensi. Ed. II. C. tab. aen. Halae 1805. Pp. 83 pp.
1298 **Koerber**, Chr., lexicon particularum ebr. Jenae 1712. Cart. 120 pp.
1299 — wie zeitig ist hebräisch zu lernen? Hirschb. 1819. Pp. Progr.
1300 **Kossarski**, Sagen des Morgenlandes. Nach talmud. Quellen. Berl. 1852. (3 M.)
1301 — Titus od. die Zerstörung Jerusalems. Hist.-dramat. Gedicht. Lpz. 1855. Hlwd.
1302 — Wallfahrt in Palästina. (Gedichte.) Berl. 1847. (3 M.)

1303 **Krochmal,** N., More Neboche ha-seman sive director errantium nostrae aetatis, opus ad illustr. Judaeorum antiquitates et leges, philosophiamque, inprimis Aben Esrae doctrinam de divino, instructum et ed. a L. Zunz. Hebr. 4. Leopoli 1851. 354 pp.
1304 **Kron,** ebr.-deutsches Handwörterbuch. Wilnie 1826. Pp. 176 Seiten.
1305 **Kulke,** E., Geschichten. Lpz. 1869.
1306 **Kund,** J. G., conjectura de metro Hebraeorum antiquo, psalmorum exemplis illustr. 4. Lips. 1770. Pp. 78 pp.
1307 **Laberenz,** Grammatik d. hebr. Sprache d. A. Test. gr.-S. Paderb. 1867. (2⅘ M.)
1308 **Lamourette,** üb. d. bürgerl. Zustand d. Juden. Nach d. Franz. Brnschw. 1806. Cart. 32 S.
1309 **Landau,** Geist u. Sprache d. Hebräer. Prag 1822. Hldr. 259 Seiten.
1310 **Landauer,** M. H., Jehovah u. Elohim od. Begriff dieser Gottesnamen bei d. alten Hebräern. Stuttg. 1836. Pp. (2 M.)
1311 **de Lara,** de convenientia vocabulorum rabbinicorum c. graecis et quibusdam aliis linguis Europaeis. 4. Amst. 1638. 92 pp.
1312 **Leaõ** Selomoh Jehuda, gramathica hebr. 4. Amst. 5463. Hlwd.
1313 **Lee,** S., a lexicon, hebr., chaldee and english. Lond. 1844. Lwd. (25 sh.)
1314 La **Legge** di Dio ossia il Pentateuco. Ital. ed. ebr. con un nuovo commento per J. Reggio. 5 tom. Vienna 1821. Lwd.
1315 **Léon** de Modène, sour me-r'a, ou le joueur converti, trad., suivi des mélanges de littérature hébr. par Carmoly. 16. Brux. 1844. Pp. 160 pp.
1316 **Leonis** Mutinensis examen traditionis, hebr., annotatt. illustr. Is. Reggius. Goritiae 1852. Hlwd. (4 M.)
1317 **Leopold,** E. Fr., lexicon hebr. et chald. in libros Vet. Test. 16. Lpz. 1832. Pp. 372 pp.
1318 **Lerch,** P., Forschungen über die Kurden u. die iranischen Nordchaldäer. 2 Thle. St. Petersb. 1857/58. Hlwd.
1319 **Lerner,** kurzgef. hebr. Lehrb. f. israel. Schulen. Schitomir 1865.
1320 **Leusden,** J., compendium biblicum, in quo omnes V. Test. voces tam hebr. quam chald. una c. versione lat. inveniuntur. Lugd. Bat. 1685. Ldr. 179 pp. Wurmst.
1321 — philologus hebr.-graecus generalis. 4. Ultraj. 1670. Pp.
1322 — philologus hebraeus. Ultraj. 1657. — Ejusd. philologus hebr.-mixtus. Ibid. 1663. — Ejusd. philol. hebr.-graecus. Ib. 1670. 4. In 1 Ppbd. Etwas fleckig u. beschrieben.
1323 — Jonas illustratus per paraphrasin chaldaicam, Masoram magnam et parvam. Traj. ad Rh. 1656. Cart. Wasserfl.
1324 **Levi,** G., Parabeln, Legenden u. Gedanken aus Thalmud u. Midrasch gesammelt, a. d. Urtexte v. S. Seligmann. gr.-8. Lpz. 1863. 400 S.
1325 **Levi ben Gerson,** Milchamot Ha-schem. Die Kämpfe Gottes. Religionsphilosoph. u. kosmische Fragen. Hebr. Neue Ausg. Lpz. 1866. (4½ M.)
1326 **Levita,** Eliia, lexicon chaldaicum. fol. Isnae 1541. Hldr. Aeusserst selten.
1327 **Levy,** Gesch. d. jüd. Münzen. M. Holzschn. Lpz. 1862. Hlwd.
1328 — Auszug aus d. hebr. Gebetbuche. 2. Aufl. Bresl. 1851. Pp. 36 S.
1329 **Lewisohn,** Gesch. u. System d. jüd. Kalenderwesens. Lpz. 1856. Pp.
1330 **Liber** Iezirah qui Abrahamo patriarchae adscribitur, una c. comment. Rabi Abraham. Transl. et notis illustr. J. St. Rittangel. 4. Amst. 1642.
1331 **Liber** Psalmorum hebr., ed. S. Baer. Lips. 1861. Pp.
1332 **Lieben,** K., Gal-Ed. Grabsteininschriften d. prager isr. alten Friedhofs m. biogr. Notizen. Deutsch u. hebr. Prag 1856. Pp. (3⅗ M.)
1333 **Lightfooti,** J., horae hebraicae et talmudicae in 4 evangelistas. Lps. 1684. — Majus, J. H., synopsis theologiae judaicae veteris et novae. Gissae 1698. In 1 Pgtbde. 4.
1334 **Linder,** opus grammat. ebr., cui acc. lexicon ebr.-lat. ad Genesin. Ulmae 1755. Hldr. 568 pp.
1335 **Lobstein,** J. M., codex samaritanus parisinus S. Genovefae. Francof. ad M. 1781. — Idem, observat. crit. in loca Pentateuchi illustria. Giessae 1787. In 1 Ppbde.

1336 **Loescher,** de causis linguae ebraeae libri III. 4. Frcft. 1706. Pgt. 496 pp.
1337 **Löwenheim,** Sentenzen, Sprüche u. Lebensregeln aus dem Talmud. Hebr. u. deutsch. Berlin 1857. Pp.
1338 **Lund,** J., die alten jüd. Heiligthümer, Gottesdienste u. Gewohnheiten. M. Kpfrtfln. fol. Hamb. 1711. Ldr.
1339 **Luzzattus,** S. D., Philoxenus, s. de Onkelosi, chaldaica Pentateuchi versione, dissertatio. Hebr. Viennae 1830. Pp.
1340 — elementi grammaticali del caldeo biblico e del dialetto talmudico babilonese. gr.-8. Padova 1865. 106 pp.
1341 — dialogues sur la kabbale et le zohar et sur l'antiquité de la ponctuation et de l'accentuation dans la langue hébr. (Hebraice). Lex.-8. Gorice 1852. Hlwd. 137 pp.
1342 **Mall,** S., hebr. Sprachlehre. Landshut 1808. Pp. 252 S.
1343 **Mannheimer,** J. N., Festgebete der Israeliten. Hebr. u. deutsch. 3. Ausg. 3 Bde. Wien 1859. Hlwd.
1344 **Martinet,** A., hebräische Chrestomathie d. bibl. u. neueren Literatur. gr.-8. Bamb. 1837. Hlwd. (3½ M.)
1345 — vollständ. Tabellen aller Zeitwörter, Substantive u. Partikeln d. hebr. Sprache. qu.-4. Bamb. 1837. Pp. 36 S.
1346 **Materialien** zur Gesch d. rabbin. Kalenders. Prag 1844. Pp.
1347 **Maurer,** pract. Cursus üb. die Formenlehre d. hebr. Sprache. Lpz. 1837. Hlwd.
1348 **Meier,** E., d. Form d. hebr. Poesie. gr.-8. Tüb. 1853. Hlwd. (2¹/₁₀ M.)
1349 — Gesch. d. poet. National-Literatur der Hebräer. Lpz. 1856. Hlwd. (9 M.)
1350 — das Hohelied, übers. u. erklärt. Tüb. 1854. Pp. (2 M.)
1351 **Meiner,** J. W., die wahren Eigenschaften d. hebr. Sprache. Lpz. 1748. Pp. 415 Seiten.
1352 **Mecklenburg,** scriptura ac traditio. Commentarius in Pentateuchum, hebr. Lips. 1839. (6 M.)
1353 **Menasseh** ben Israel conciliator, sive de convenientia locorum S. Scripturae, quae pugnare inter se videntur. 4. Amst. 1633. Pgt. 240 pp.
1354 **Mendelssohn,** M., Jerusalem, od. üb. religiöse Macht u. Judenthum. Uebers. in's Hebr. durch Gottlober. Schitomir 1867.
1355 — Jerusalem; a treatise on ecclesiastical authority and judaism, transl. from the German by M. Samuels. 2 vols. gr.-8. Lond. 1838. Lwd. (25 M.)
1356 — Ritualgesetze der Juden. 3. Aufl. Berl. 1793. Pp.
1357 **Methodus** nova discendi linguam ebraicam ope graecae. Pragae 1773. Pp.
1358 **Meyer,** Chr., vera Immanuelis generatio. Hebr. et lat. 4. Amst. 1722. Pgt. 508 pp. Einige S. unbed. wasserfl.
1359 **Michaelis,** J. D., Beurtheil. d. Mittel, welche man anwendet, d. hebr. Sprache zu verstehen. Gött. 1757. Pp. 365 S.
1360 — grammatica chaldaica. Gött. 1771. Hldr. 133 pp.
1361 — supplementa ad lexica hebraica. 6 prts. 4. Gött. 1792. In 3 Ppbdn.
1362 **Mischna** sive totius Hebraeorum juris, rituum, antiquitatum, ac legum oralium systema, c. Maimonidis et Bartenorae commentariis, hebraice et lat., notis illustr. G. Surenhusius. 6 tomi. fol. Amst. 1698/1703. Ldr. Im 1. Bde. 8 S. braunfl.
1363 **Misznajoth:** z. dodanym nowym kommentarzem. Tyfereth Jisrael przez Rabina J. Lypszycz napisanym. In hebräischen Lettern. 6 tomi. Warszawa 1862. Hldr. Wie neu.
1364 **Modena,** L., novo dittionario hebr. e ital. 4. Ven. 1612.
1365 **Monatshefte,** illustrirte, für die gesammten Interessen des Judenthums. I. Bd. gr.-8. Wien 1865.
1366 **Moreira,** Kehilath Jahacob: being a vocabulary of words in the Hebrew language. Hebr.-engl.-spanisch. 4. Lond. 5533 (1773.) Pp.
1367 **Moriz,** Chr. G., diss. jur. vom Juden Eyden. 4. Jenae 1720. Pp.
1368 Die **Moseide** in 18 Gesängen, übers. nach d. hebr. Originale d. N. H. Wessely. 1. 2. Heft. Hamb. 1806.

1369 **Mosis** prophetae libri V., ex transl. et c. commentariis J. Clerici. 2 voll. Amst. 1710 — Vet. Testamenti libri historici ab eodem. Ib. 1708. In 1 Pgtbd.
1370 **Mosner**, H., die Grabschriften des Eschmunazar übers. und analysirt. Halle o. J.
1371 **Mühlberg**, vollständige Tabellen der hebräischen Verba. qu.-4. Mühlh. 1855. Pp.
1372 **Muhlert**, K. Fr., palaeograph., grammat. und isagog. Beiträge für das Studium d. hebr. Sprache u. Bibel. Lpz. 1825. Hlwd. 188 S.
1373 **Müller**, F., d. Verbalausdruck im ârisch-semit. Sprachkreise. Wien 1858. Pp. Abdr.
1374 **Munk**, notice sur Rabbi Saadia Gaon et sa version arabe d'Isaie. Paris 1838. 112 pp.
1375 — Palästina. Nach d. Frz. v. Levy. 2. Bd. Lpz. 1872.
1376 **Munster**, Fr. S., institutiones grammat. in hebr. linguam. Basil. 1524. — Jonas propheta gr., lat., hebr. atque chald. ed. Munster. Ibid. 1524. In 1 Hlwdbde.
1377 — dictionarium chaldaicum. 4. Bas., Froben, 1527. Sehr selten.
1378 — dictionarium hebraicum. Basil. 1548. Ldr.
1379 — calendarium hebraicum. C. figg. 4. Basileae 1527. Eine Tafel defect.
1380 **v. Murr**, C. G., Versuch e. Gesch. d. Juden in Sina. Halle 1806. Hlwd.
1381 **Nagel** u. **Goldmann**, Lehrbuch der hebräischen Sprache. Prag 1859. Hfrz. (4 M.)
1382 **Nägelsbach**, C. W. E., hebräische Grammatik. gr.-8. Leipzig 1856. Hlwd. (2¼ M.)
1383 **Nager**, Abr., d. Religionsphilosophie d. Talmud in ihren Hauptmomenten. Leipzig 1864. Pp. 44 S.
1384 **Nahum**, aus dem Hebr. v. H. Middeldorpf u. m. Anmerk. v. Gurlitt. Hamb. 1808. Pp.
1385 **Nathan Mardochai**, concordantiarum hebraicarum capita, nunc vero in gratiam theologiae candidatorum, ac Linguae Sanctae studiosorum, ad uerbum translata per M. Anton. Reuchlinum. fol. Basileae 1556. Hpgt.
1386 **Nerreter**, d. wunderwürdige Juden- u. Heiden-Tempel. M. vielen Kpfrtfln. Nürnb. 1717. Pgt. 1195 Seiten.
1387 **Neubauer**, A., aus d. Petersburger Bibliothek. Z. Gesch. d. Karäerthums u. d. karäischen Literatur. Lpz. 1866.
1388 — notice sur la lexicographie hébr., avec des remarques sur quelques grammairiens postérieurs à Ibn-Djanâ'h. Paris 1863. 222 pp.
1389 **Neuw-Jahr-Geschenk** so Rabi Feydel vnd Rabi Senderlein ihren Judas Brüdern zu Frankfurt vnd Wormbs dieses 1614. Jahres verehret. 4. o. O. 1614. 44 Seiten.
1390 **Nöldeke**, üb. einige samarit.-arab. Schriften, die hebr. Sprache betr. Gött. 1862. Abdr.
1391 — Untersuchung zur Kritik des Alten Testaments. Kiel 1869. (4⅘ M.)
1392 **Nork**, Braminen u. Rabbinen od. Indien d. Stammland d. Hebräer und ihrer Fabeln. gr.-8. Meissen 1836. Pp. (5¾ M.)
1393 — d. Leben Mosis aus d. astrognost. Standpunkt betrachtet. Lpz. 1838. Hlwd. (4 M.) Etw. braunfl.
1394 — vollst. hebr.-chald.-rabbin. Wörterbuch üb. d. Alte Test. 4. Grimma 1842. Hfrz. (18 M.)
1395 **Nowotny**, einige Andeut. z. Erklär. d. hebr. Wortes ab. Hoyersw. 1874. Pp. 86 Seiten.
1396 **Olshausen**, Lehrbuch der hebräischen Sprache. Braunschweig 1861. Hlwd. (8½ M.)
1397 **Opitii** atrium linguae sanctae. 4. Lips. 1769. Hldr.
1398 — chaldaismus targumico-talmud.-rabbin. 4. Kil. 1696. Hpgt.
1399 **Oppenheimer**. Collectio Davidis, i. e. catalogus celeberrimae illius bibliothecae hebraeae quam collegit Oppenheimerus. Hamburg 1826. Hfrz. 744 pp.

1400 **Orazioni** quotidiane per uso degli Ebrei spagnoli e portoghesi, trad. all' idioma ebraico. Vienna 1822. Hfrz. 392 pp.
1401 **Orden** de leccion de Tora Nebiim y Quetubim. a. 5422. Pgt.
1402 Der **Orient**. Berichte, Studien und Kritiken f. jüdische Geschichte und Literatur, hrsg. v. J. Fürst. Jahrg. 1840—1843, 1845—1850. 4. Leipzig. Pp., Hfrz. und in Nummern. Zu 1840—43, 1847 und 1849 fehlt Titel u. Inhalts-Verzeichn.
1403 **Oertel**, J. G., harmonia ll. Orientis et Occidentis speciatimque hungaricae c. hebraea. Witteb. 1746. Pp. 206 pp.
1404 **Osterchrist**, Fr., hebr. u. deutsches Sprach-Buch. Regensb. 1754. Cart. Etw. wasserfl.
1405 **Othonis**, G., synopsis institutionum samaritan., rabbinicarum, arab., aethiop. et pers. Ed. II. Francof. a/M. 1717. Hlwd.
1406 **Othonis**, J. H., lexicon rabbinico-philologicum. Alt. 1757. Hlwd. 788 pp.
1407 **Otto**, J. C., Entdeckung der Lehr vnd meynung aller Rabbinen, die von dem Messia geschrieben haben. 4. Nürnb. 1605. Pp.
1408 **Ouseel**, introductio in accentuationem Hebraeorum metricam. Lugd. B. 1714. — Müller, P. H. et Manitius, accentuum Hebraeorum difficultate. 2 prts. Vitemb. 1720. Diss. — Schirmer, diss. de natura linguae hebr. 2 prts. Marb. 1716. 4. In 1 Hpgtbd.
1409 **Pacht**, J. L., de eruditione Judaica. 4. Gött. 1742. Diss. 108 pp.
1410 **Parens**, easy introduction to the Hebrew language on the principles of Pestalozzi. gr.-fol. Lond. 1831.
1411 **Parkhurst**, an Hebrew and English lexicon, without points. Lond. 1811. Ldr. 799 pp. Einige Bl. wasserfl.
1412 **Parrat**, H., philologus chaldaicus voces graecor. et latin. scriptorum, quas dicunt aegyptiacas, chald. exponens. 4. Mulhouse 1854. Pp. 22 pp.
1413 **Pasinus**, J., grammatica linguae sanctae. Patavii 1790. Pgt. 200 pp.
1414 **Paulus'** Briefe an die Römer, hebr. mit Erläuterungen von Delitzsch. Leipzig 1870.
1415 **Paulus**, comment. crit. exh. e biblioth. Oxoniensi Bodlejana specimina versionum Pentateuchi septem arab., nondum editarum. Jenae 1789.
1416 Der **Pentateuch** im hebr. Texte. Exodus. Uebers. u. mit Anmerk. v. M. J. Landau. Beigeb.: Das gewöhnl. Sabbath-Gebet, das חלל u. das Mussaph-Gebet. Hebr. u. deutsch. Prag 1851/52.
1417 Der **Pentateuch**, hebr. und deutsch, mit Anmerk. v. Herxheimer. 3. Aufl. Lex.-8. Lpz. 1865. Hlwd.
1418 Del **Pentateuco**, stampato in Napoli l'a. 1491 e saggio di alcune varianti lezioni estratte da esso e da' libri antichi della sinagoga. 4. Roma 1780. Pp. 90 pp.
1419 **Peri Hachedwah.** Ein Gedicht. Hebräisch und deutsch. Leipzig 1798. Pp. 68 Seiten.
1420 **Perle** dell' Antico Test. poemetti sacri. 2 voll. Brescia 1824. Pp.
1421 **Pesikta**, die älteste Hagada red. in Palästina von Rab Kahana. Hrsg. nach e. Hdschr. durch d. Verein Mekize Nirdamim. M. krit. Bemerkgn. v. Sal. Buber. Hebr. Lyck 1868.
1422 **Petermann**, H., Versuch einer hebräischen Formenlehre nach der Aussprache der heut. Samaritaner, nebst darnach gebild. Transcription der Genesis. Lpz. 1868. (7½ M.)
1423 **Pfeiffer**, A., fasciculus (IX) dissertat. philolog. de talmude Judaeorum, eorundem in Christum et Christianos calumniis, de alcorano Muhammedis, de lingua protoplastorum etc. 4. Witteb. 1665.
1424 **Pfeiffer**, A. F., hebr. Grammatik. 2. Aufl. Erl. 1790. Cart.
1425 **Philippson**, L., Jakob Tirado. Geschichtl. Roman aus d. 2. Hälfte d. 16. Jahrh. Lpz. 1867. (3 M.)
1426 — die Entwickelung der religiösen Idee. Lpz. 1874.
1427 — neues israelit. Gebetb. Berl. 1864. Hlwd. (4 M.)
1428 — Reden wider den Unglauben gerichtet an alle denkenden Israeliten. Lpz. 1856.

1429 **Philippson,** L., an d. Strömen, durch drei Jahrtausende. I. Erzählungen. Leipzig 1872.
1430 — weltbewegende Fragen in Politik u. Religion. A. d. letzten 30 Jahren. Thl. I. II. Bd. 1. gr.-8. Lpz. 1868/69. (9½ M.)
1431 — die israelitische Religionslehre. 3 Abtheilungen. Leipzig 1861/62. In 1 Hlwdbde. (6 M.)
1432 — Sepphoris und Rom. Ein historischer Roman aus d. 4. Jahrh. Berlin 1866. (5¼ M.)
1433 **Philippsohn,** M., Kinderfreund u. Lehrer. Ein Lehr- u. Lesebuch für Liebhaber der hebr. Sprache. 2 Bde. Lpz. 1823. Hlwd. (7½ M.)
1434 **Philippson,** Ph., der unbekannte Rabbi. Novelle. Lpz. 1859. Hlwd.
1435 — biographische Skizzen. 3 Hefte. Lpz. 1864/66. (5 M.)
1436 — u. L., Saron. 2. Ausg. I. Thl. Novellenb. Bd. 1—4. II. Thl. Dichtgn. in metrischer Form. Bd. 1. 2. Lpz. 1855/70. Hlwd. u. br.
1437 **Philippi,** F., grammat. Vorschule f. d. exeget.-dogmat. Studium d. Schrift. d. alten Bundes. Hebr. u. lat. gr.-8. Neust. 1826. Pp. 541 pp.
1438 **Philipson,** über die Verbesserung des Judeneides. Neustr. 1797. Pp. 264 Seiten.
1439 **Philo** des Alexandriner's gesammelte Schriften (üb. Judenthum). II. Thl. Leipzig 1870.
1440 **Philonea** inedita altera, altera nunc demum eruta, gr., ed. C. Tischendorf. C. 2 tab. gr.-8. Lps. 1868. Cart. (6 M.)
1441 **Philonis** Judaei liber de virtutibus gr. Lps. 1781. Pp. 86 pp.
1442 **Pinner,** Prospectus d. d. Odessaer Gesellschaft f. Geschichte und Alterthümer gehörenden ältesten hebr. u. rabbin. Manuscripte. Nebst e. Facs. des Propheten Habakuk aus einem Manuscripte v. Jahre 916. 4. Odessa 1845. (4½ M.)
1443 **Pinsker,** S., Einleit. i. d. babylonisch-hebr. Punktationssystem nebst e. Grammatik d. hebr. Zahlwörter (Jesod Mispar) v. Abraham ben Esra. gr.-8. Wien 1863. Hlwd. (6⅗ M.)
1444 — Lickute Kadmoniot. Zur Gesch. d. Karaismus u. d. karaeischen Literatur. Rabbinisch. gr.-8. Wien 1860. Hlwd. 472 S.
1445 **Polak,** G. J. en M. S., Gebeden der nederlandsche Israëliten voor d. 1. Dag van het Nieuwjaarsfeest. Hebr. u. holl. Amst. 1839. Hlwd.
1446 **Polyglotten-Bibel** bearb. v. Stier und Theile: Neues Testament. In übersichtl. Nebeneinanderstellung des Urtextes, der Vulgata u. Luther-Uebersetzung, sowie der wichtigeren Varianten. 4. Aufl. Bielefeld 1863. Lex.-8. Hldr.
1447 **de Pomis,** D., lexicon novum hebraicum, locupletissimum quantum nunquam antea, triplici lingua perspicue explanatum. Hebr., lat. et ital. fol. Venet. 1587. Pp.
1448 **Potschka,** thesaurus linguae sanctae. Bamb. 1780. Hpgt. 511 pp.
1449 **Pracht-Bibel,** illustrirte, für Israeliten. In dem masoret. Text mit deutscher Uebersetzung von J. Fürst. Lieferung 1—21. fol. Leipzig. (16¾ M.)
1450 The **Prayers** of Israel, w. an Engl. transl. 2. ed. Fürth 1867. Lwd. 545 pp.
1451 The **Proper-Names** of the Old Test., for the use of hebr. students. Lond. 1859. Pp. 227 pp.
1452 Die **Propheten** d. Alten Bundes erkl. v. H. Ewald. 2 Bde. gr.-8. Stuttg. 1840/41. Hlwd. (14 M.)
1453 Die **Propheten** Hoschea, Joel u. Amos, übers. u. erläut. v. J. F. Schröder. Lpz. 1829. Hlwd. (5 M.)
1454 **Proverbia** Salomonis, hebr., versionem integram ad hebr. fontem expressit atque commentarium adj. Schultens. 4. Lugd. B. 1748. Ldr.
1455 **Prüfer,** Kritik d. hebr. Grammatologie. Lpz. 1847. Hlwd. (7½ M.)
1456 **Psalmen,** sechs alttestamentliche, mit ihren Singweisen hrsg. v. L. Haupt. Lpz. 1854. Pp.
1457 **Psalterium** harmonicum, ebr., gr., lat. et germ., studio E. Hutteri. Norib. 1602. Pgt. Etwas fleckig.

1458 **Quell** des Segens. Andachtsbuch f. Israeliten. 4. Aufl. Prag 1860. Pp. 378 Seiten.
1459 **Questions**, quarante, adressées p. les docteurs juifs au prophète Mahomet. Le texte turc av. un gloss. turc-franç. publ. p. Zenker. Vienne 1851. Hlwd. (6½ M.)
1460 **Rabbinowicz**, grammaire hebraïque. Paris 1864. Hlwd. 223 pp.
1461 — hebr. Grammatik. Grünb. 1851. Hfrz. (4½ M.)
1462 **Rahel**, in Banden frei. Roman. Berl. 1865. Hlwd. (9 M.)
1463 **Ranitz**, introductio in Habacuci vaticinia. Lips. 1808. Cart.
1464 **Rappaport**, M., hebräische Gesänge. Metrisch nachgebildet. Lpz. 1860. 112 S.
1465 **Raschii** (Salomonis Isaacidis) in Pentateuchum commentarius (hebr.), critice ed. et observat. illustr. A. Berliner. Lex.-8. Berol. 1866. Hlwd. (7½ M.)
1466 **Recke**, de Judaeorum historia antiquissima. Suerini 1833. Diss.
1467 **Redslob**, der Begriff des Nabi od. des sogenannten Propheten bei d. Hebräern. Lpz. 1839. Cart.
1468 — Beurtheilung der Ewald'schen Grammatik u. des Maurer'schen Cursus. Lpz. 1837. Hlwd. (3 M.)
1469 — d. Grundbedeut. d. hebr. Partikel כִּי. Lpz. 1839. Pp.
1470 — d. Integrität d. Stelle Hosea 7, 4—10 in Frage gestellt. 4. Hamb. 1842. Cart. 42 S.
1471 — de particulae hebr. כִּי origine et indole commentat. Lpz. 1835. Lwd. 52 pp.
1472 — de Hebraeis obstetricantibus commentatio. 4. Lps. 1835. Pp. 14 pp.
1473 **Rée**, d. Sprachverhältnisse d. heutigen Juden. Hamb. 1844. Pp. (2¼ M.)
1474 **Reiske**, J. J., conjecturae in Jobum et proverbia Salomonis, c. ejusd. oratione de studio arab. linguae. Lps. 1779. Pp. 292 pp.
1475 **Reland**, H., antiquitates sacrae veterum Hebraeorum animadvers. illustr. G. J. L. Vogel. Halae 1769. Hldr. 340 pp.
1476 — diss. de inscriptione nummorum quorundam Samaritanorum. C. 2 tabb. Amst. 1702. Pp.
1477 **Renan**, E., histoire générale et système comparé des langues sémitiques. Ouvrage couronné. Partie I. Paris, l'imprim. impér., 1855. gr.-8. Hlwd. 490 Seiten.
1478 **Reuchlin**, J., de arte cabalistica libri III. fol. Hagenau 1517. Hldr. Wasserfl.
1479 — lexicon hebr. et in Hebraeorum grammaticen commentarii. fol. Basil. 1537. Pgt.
1480 **Review**, Hebrew, and magazine for Jewish literature. Vol. I. — New series, ed. by M. H. Bresslau. gr.-8. Lond. 1860. Hfrz.
1481 **Reyher**, S., mathesis mosaica, s. loca Pentateuchi mathematica mathematice expl. 4. Kiliae 1679. Hldr.
1482 **Rink** u. **Vater**, arab., syr. u. chald. Lesebuch. Lpz. 1802. Pp. 292 S.
1483 **Rispart** (Frankolm), E., d. Juden u. d. Kreuzfahrer in England unter Richard Löwenherz. Lpz. 1861. Hlwd. 499 S.
1484 **Robertson**, manipulus linguae sanctae et eruditorum. Cantabr. 1686. Pgt. 314 pp.
1485 — thesaurus linguae sanctae sive concordantiale lexicon hebraeo-latinobiblicum. 4. Lond. 1680. Pgt. 1328 pp.
1486 **Robertson**, J., clavis Pentateuchi sive analysis omnium vocum hebr. una c. versione lat. et anglica. gr.-8. Edinb. 1770. Ldr. 792 pp.
1487 **Robertson**, W., a gate or door to the holy tongue, opened in English. Lond. 1653. Ldr. 131 pp.
1488 **Roblik**, E. L., jüdische Augen-Gläser, d. i. ein denen Juden zur Erkanntnuss des wahren Glaubens vorgestelltes Buch. 2 Bde. fol. Brünn 1741. Ldr.
1489 **Rosenmüller**, E. Fr. C., vocabularium Vet. Test. hebr.-chaldaicum. Halae 1822. Pp. 140 pp.
1490 **Rosenthal**, F., das erste Makkabäerbuch, sprachl.-krit. Studie. Lpz. 1867. Diss.
1491 **de Rossi**, variae lectiones Vet. Testamenti. Vol. II.: Numeri, Deuteronomium, Josue, Judices, Libri Samuelis ac regum. 4. Parmae 1785.

1492 **de Rossi**, annales hebraeo-typographici sec. XV: et ab a. 1501 ad 1540. 2 voll. gr.-4. Parmae 1795/99. Pp.
1493 — de hebraicae typographiae origine ac primitiis. Disquisitio. Erl. 1778. Pp. 141 pp.
1494 — de ignotis nonnullis antiquissimis hebr. textus editionibus ac critico earum usu. 4. Erl. 1782. Pp. 72 pp.
1495 **Rota**, gramatica della lingua santa. Ven. 1775. 319 pp.
1496 **Rothwand**, J., imiona przez żydów polskich używane. Warszawie 1866. Pp. 86 pp.
1497 **Rümelini** lexicon crit.-sacrum. 2 prts. 4. Tüb. 1730. In 1 Pgtbd.
1498 **Sachs**, M., Beiträge z. Sprach- u. Alterthumsforschung. Aus jüd. Quellen. 2 Hefte. gr.-8. Berl. 1852/54. (6 M.)
1499 — die religiöse Poesie der Juden in Spanien. Berl. 1845. (5¼ M.)
1500 — Stimmen vom Jordan u. Euphrat. 2 Thle. in 1 Bd. Berl. 1868. Eleg. Lwdbd. (6 M.)
1501 **de Sacy**, S., mémoire sur l'état actuel des Samaritains. Paris 1812. Cart. 71 pp. Extr.
1502 **Sagen** der Hebräer. Deutsch. 2. Aufl. Lpz. 1828. Pp. (3 M.)
1503 **Salman Hena**, ausführl. hebr. Grammatik. (In rabbin. Sprache.) 4. Amst. 1780. Pp. Sehr selten.
1504 **Salomo Aben Verga**, liber Schevet Jehuda, continens calamitates et exilia, quibus Judaei vexati sunt etc., hebr. et germ. ed. Winer. 2 fasc. Hann. 1855/56. In 1 Hlwdbde. (5½ M.)
1505 **Salomo ben Gabirol**, Königskrone. A. d. Hebr., metrisch übers. v. L. Stein. Frkft. 1838.
1506 — Schire Schlomo, hebr. Gesch. Hebr. Aus Handschr. v. Dukes. 2. Heft. Hannov. 1858.
1507 **Sammlung** v. 5 Abhandl. üb. d. hebr. Sprache v. Winer, G. Seyffarth u. A. In 1 Ppbde.
1508 **Sammlung** v. Liedern d. Liebe im Geschmacke Salomo's, (aus d. Hebr.) m. Anmerk. v. Beyer. Marb. 1792. Pp. Unbed. braunfl.
1509 **Saruk**, Menahem, the first Hebr. and Chald. lexicon to the Old Test., select. and transl. from the original Hebr. by H. Filipowski. Hebr. gr.-8. Lond. 1854. 252 pp.
1510 **Schaller**, neu vermehrtes vocabularium hebraicum. Frckft. o. J. Pp. 64 Seiten.
1511 **Schamelius**, J. M., specimen versionis biblicae latinae a B. Luthero. 4. Lps. 1723. Pp. 21 pp. Etw. wasserfl.
1512 **Schefer**, L. Chr., hebr. Wörter-Buch. 4. Berleb. 1720. Ldr. Circa 1200 S.
1513 **Scheyer**, die Lehre vom Tempus u. Modus in d. hebr. Sprache. Frkft. 1842. Hlwd.
1514 — d. psycholog. System d. Maimonides. Frkft. a/M. 1845. (2 M.)
1515 **Schickard**, institutiones linguae ebraeae. 4. Jenae 1647. Pp. 305 pp.
1516 **Schindler**, V., lexicon pentaglotton, hebr., chald., syr., talmud.-rabb. et arab. fol. Frcft. 1653. Pgt.
1517 **Schleusner**, novus thesaurus philol.-crit. s. lexicon in LXX et reliquos interpretes graecos ac scriptores apocryphos Vet. Testamenti. 5 voll. Lips. 1820/21. Hlwd.
1518 **Schmid**, C. Chr. L., corpus omnium veterum apocryphorum extra Biblia. Pars I. Hadam. 1804. Pp.
1519 **Schmid**, L., Vorles. üb. d. Bedeut. d. hebr. Sprache. Frkft. a/M. 1832. Hlwd. 168 S.
1520 **Schmidt**, K. B., prakt. Unterricht in d. ebr. Sprache. Lemgo 1789. Hlwd. 470 S.
1521 **Schrift**, d. heilige, in deutscher Uebersetz. m. ausführl. Erklär. v. L. Philippson. 3. Ausg. 1. Thl. Die 5 Bücher Moscheh. Lex.-8. Lpz. 1863. Hlwd. ($11^1/_{10}$ M.)
1522 Heilige **Schrift**. Hebraeisch. 4 Bde. 4. Wien, G. Holzinger, 1814/16. In 3 Hldrbdn.

1523 **Schriften** hrsg. v. Institute z. Förderung d. israelit. Literatur. 10 diverse Bde. u. Hefte. Lpz. 1856/73.
1524 **Schriften,** die heiligen, der Israeliten. Nach d. masoret. Text neu übers. v. Johlson. 2 Bde. Frkft. 1831/36. (9 M.)
1525 **Schröder,** J. F., die hebr. Nomina. Brschw. 1830. Pp. 58 Seiten.
1526 — hebr. Uebungsbuch. Lpz. 1821. Pp.
1527 — deutsch-hebr. Wörterbuch. Lex.-8. Lpz. 1823. Hfrz. (12 M.)
1528 **Schroeder,** N. G., institutiones ad fundamenta linguae hebr. gr.-8. Groningae 1766. Pgt. 440 pp.
1529 — institutiones ad fundamenta linguae hebraeae. Ed. II. gr.-8. Gron. 1775. Hldr. 440 pp.
1530 — oratio de fundamentis, quibus solida linguae hebraeae cognitio superstruenda. 4. Groningae 1748. Pp.
1531 **Schubert,** H. Fr. W., Grammatik d. hebr. Sprache. Schneeberg 1813. Cart. 307 S.
1532 **Schudt,** genius et indoles linguae sanctae. Frcft. 1713. Pgt. 275 pp.
1533 — jüdische Merkwürdigkeiten, sammt einer vollständ. Franckfurter Juden-Chronik. 4 Bde., m. Kpfrn. 4. Frckft. 1714/17. In 2 Ldrbdn.
1534 **Schultens,** A., origines hebraeae s. hebr. linguae antiqu. natura et indoles ex Arabiae penetralibus revocata. Tomus I. (un.) Fran., 1724. 4. Prgmt.
1535 **Schumann,** C., de festis Ebraeorum. 4. Witt. 1666. Diss.
1536 **Schurmann,** Anna Maria, opuscula hebr., gr., lat., gall., prosaica et metrica. Traj. ad Rh. 1652. Pgt. 364 pp.
1537 **Schwarz,** F. J., Jesus Targumicus, meletema sacrum. 4. Torg. 1759. Pp.
1538 — exercitationes hist.-crit. in utrumque Samaritanorum Pentateuchum. 4. Wittemb. 1756. Hlwd.
1539 **Schwarz,** R. J., d. heilige Land nach s. ehemaligen u. jetzigen geograph. Beschaffenheit, deutsch v. J. Schwarz. M. 4 Abbild. u. 1 Karte. gr.-8. Frkft. a/M. 1852. Pp. (6 M.)
1540 **Seffer,** G. H., Elementarbuch d. hebr. Sprache. Lpz. 1845. Lwd. (3 M.)
1541 — dasselbe. 4. Aufl. gr.-8. Lpz. 1868. (3¾ M.)
1542 **Selig,** Anleit. z. Erlernung d. jüdisch-deutschen Sprache. Lpz. 1767. Ldr.
1543 — Lehrb. z. Erlernung d. jüd.-deutschen Sprache. Lpz. 1792. Pp. 356 S.
1544 — compendia vocum hebr.-rabbinicarum. Lips. 1780. Hlwd. 468 pp.
1545 **Selomoh,** vara de Juda, trad. en lengoa espan. por M. Del. 12. Amsterd. 1640. Pgt. 310 pp.
1546 **Semler's,** J. S., Uebersetzung d. Buchs Massoreth Hammassoreth. Halle 1772. Hlwd. 269 S.
1547 **Sengelmann,** d. Buch von d. sieben weisen Meistern, aus d. Hebr. u. Griech. Halle 1842. Hlwd.
1548 **Sennert,** hypotyposis harmonica linguarum orientalium chaldaeae, syrae, arabicaeque c. matre ebraea. Witteb.
1549 — de idiotismis linguarum orientalium ebraeae, et ex parte chaldaeae, syrae, arabicaeque canones centum. 4. Witteb. 1665.
1550 — exercitationum philologicarum pars II. 4. Witteb. 1678. Pp.
1551 — de ebraeae s. s. linguae origine. 4. Witt. 1669. Cart. Diss.
1552 — rabbinismus, h. e. praecepta targumico-talmud.-rabbinica. 4. Witteb. 1666. 126 pp.
1553 **Sharpe,** S., Gesch. d. hebr. Volkes u. s. Literatur. Lpz. 1869. Pp.
1554 **Sickler,** Kadmus od. Forschungen in den Dialecten des semit. Sprachstammes, zur Entwickelung d. ältesten Sprache u. Mythe der Hellenen. I. Thl.: Erklärung der Theogonie des Hesiodus. 4. Hildb. 1818.
1555 **Simonis** analysis et explicatio lectionum masorethicarum Kethibhan et Karjan vulgo dictarum. Ed. II. Halae s. a. Pp.
1556 **Simonis,** J., lexicon manuale hebr. et chald. 4. Halae Magd. 1771. Hldr.
1557 — id. liber. Halae 1793. Hldr.
1558 — onomasticum Vet. Test. 4. Halae M. 1741.
1559 **Slaughter,** Edw., et J. D. **Michaelis,** grammatica hebraica et chaldaica. Ed. novissima. gr.-8. Romae 1851. Hlwd. 166 pp.
1560 **Sommerfeld,** das Leben der Patriarchen. Elbing 1840. Pp. (4 M.)

1561 **Sonne,** hebr. Lesebuch. Lpz. 1830. Hldr.

1562 **Soesman,** de Bruidschat Israels of Onderwys der hebreeuwsche Spraak-Kunst. Met twee bygevoegde Woordenboeken. 3 Thle. in 1 Bd. 4. Amst. 1741. Hpgt. Titel des 1. Thls. ausgebessert.

1563 **Spohn,** de ratione textus biblici in Ephraemi Syri commentariis obvii ejusque usu critico. 4. Lips. 1786. Pp.

1564 **Sprachbuch,** hebr. u. deutsches. Nürnb. 1735. Pp. 83 Seiten.

1565 **Stähelin,** krit. Untersuchungen üb. d. Pentateuch, die Bücher Josua, Richter, Samuels u. d. Könige. Berl. 1843. Cart. (2½ M.)

1566 **Stein,** Gesch. d. Juden zu Danzig. Danz. 1860. 64 Seiten.

1567 **Steinersdorff,** grammatica hebraea. Halae 1747. Prgmt. Mit Tintenstrichen.

1568 **Steinheim,** S. L., d. Glaubenslehre d. Synagoge als exacte Wissenschaft. Lpz. 1856. (7½ M.)

1569 **Steinschneider,** catalogus librorum hebraeorum in bibliotheca Bodleiana. 4. Berl. 1852/60. In 2 Hfrzbdn. Selten u. gesucht.

1570 — bibliogr. Handbuch üb. d. theoret. u. prakt. Literatur f. hebr. Sprachkunde. Lpz. 1859. Pp.

1571 **Stern,** J. F., Lexicon d. jüd. Geschäfts- u. Umgangssprache. 2 Thle. München 1833. In 1 Ppbd.

1572 **Stern,** S., d. Religion d. Judenthums. Berl. 1846. Pp. (3 M.)

1573 Das **Sterntüchel**. Bilder aus d. israelit. Leben in Russisch-Polen im jüdisch-deutschen Jargon. gr.-8. Lpz. 140 S.

1574 **Stiebritz,** J. B., Einleit. in d. hebr. Sprachlehre. Jena 1818. Cart. 38 S.

1575 **Stier,** R., Lehrgebäude der hebr. Sprache. 2 Thle. (Laut- u. Wortlehre.) Lpz. 1833. Pp. (7 M.)

1576 **Tafel,** L., R. L. u. L. H., interlinear translation of the sacred scriptures. Hebrew Text, part. I, II. Lex.-8. Philad.

1577 Le **Talmud** de Babylone trad. en langue française et compl. par celui de Jérusalem et p. d'autres monumens de l'antiquité Judaïque par L. Chiarini. 2 vols. Lpz. 1831. In 1 Hlwdbd. (18 M.)

1578 **Talmudis** babylonici codex Middoth s. de mensuris templi, una c. vers. lat. opera Constantini l'Empereur de Oppyck. Lugd. B. 1630. — **Sixtini Amamae** codex Vulgatae atque à Tridentinis canonizatae versionis quinque librorum Mosis. Franekerae 1620. 4. In 1 Pgtbd.

1579 **Talmudis** babylonici codex succa, hebr. et lat., notis illustr. Fr B. Dachs. 4. Trajecti ad Rh. 1726. Pgt. 580 pp.

1580 **Tanchum,** R., Hierosolymitani ad libros V. Test. commentarii arabici specimen publice defendit Zilling, Platt etc. 4. Tub. 1791. Pp. 78 pp.

1581 — commentarium arabicum ad librorum Samuelis et Regum locos graviores, e cod. ed. Haarbruecker. Lips. 1844. Hlwd. (3 M.)

1582 — commentaire sur le livre de 'Habakkouk, en hebr. av. une traduction française et des notes. S. l. et a. Lwd. 114 pp.

1583 **Tarnopol,** J., notices historiques et caractérist. sur les Israélites d'Odessa. gr.-8. Odessa 1855. Pp. 195 pp.

1584 **Tauber,** J., Standpunkt u. Leistung d. R. Dav. Kimchi als Grammatiker. Dissert. Lpz. 1867. 46 pp.

1585 **Tendlau,** A., Sprichwörter u. Redens-Arten deutsch-jüd. Vorzeit. Frkft. 1860. Hlwd. (4½ M.)

1586 **Tephillat** Adath Yeschouroun, priéres des Israélites du rite allemand. Traduction de A. Ben Baruch Créhange. En hébr. et français. 9. éd. Paris 1867.

1587 Vetus **Testamentum** hebraicum, c. variis lectionibus. Ed. Benj. Kennicott. 2 voll. fol. Oxonii 1776/80. Ldr.

1588 **Testamentum** Novum gr., c. notis J. Scaligeri. Genevae 1619. — **Biblia** hebr., eleganti charactere impr. Ed. nova, ex rec. hebraei Menasseh Ben Israel. Amst. 1635. 4. In 1 Ldrbd.

1589 **Teuber,** Chr. A., wahrscheinl. Muthmassung von d. alten u. dunckeln jüd. Oster-Liede: ein Zicklein, ein Zicklein. 4. Lpz. 1732. 60 Seiten.

1590 **Thenius,** O., d. Bücher Samuels erklärt. 2. Aufl. gr.-8. Lpz. 1864. Hlwd. (4½ M.)

1591 **Thiele,** A. F., die jüd. Gauner in Deutschland, ihre Eigenthümlichkeiten u. ihre Sprache. 1. Bd. Berl. 1841. Hlwd. (4½ M.)
1592 **Thülemarius,** H. G., de variis siglis et talentibus Hebraeorum. 24. Erf. 1676. Hpgt.
1593 **Tischendorf,** A. F. C., notitia editionis codicis bibliorum Sinaitici. 4. Lips. 1860. (10 M.)
1594 **Tischendorf,** C., Nachricht v. d. sinait. Bibelhandschrift. Lpz. 1860. 2 Bogen.
1595 **Titi Bostreni** quae ex opere contra Manichaeos edito in cod. Hamb. servata sunt, gr. e recognit. P. A. de Lagarde. Berol. 1859. Pp. (3 M.)
1596 **della Torre,** preghiere degl' Jsraeliti secondo il rito tedesco. Hebr. u. ital. Wien 1846. Hfrz. 352 pp.
1598 **Tuch,** Fr., Antonius Martyr, s. Zeit u. s. Pilgerfahrt nach d. Morgenlande. 4. Lpz. 1864. 39 S.
1599 — Kommentar üb. die Genesis. Halle 1838. Hldr. (9¾ M.)
1600 — Masada, d. herodianische Felsenfeste, nach Fl. Josephus u. neueren Beobacht. beschrieben. 4. Lpz. 1863. 39 S.
1601 **Turnerus,** C., das Buch der Altveter des Israelitischen volcks, nemlich woher die Synagog, das volck Gottes jren vrsprung habe. 4. Wittemb. 1536.
1602 **Tychsen,** O. G., abbreviaturarum hebr. supplementum II. 4. Rost. 1769. Pp. 60 pp.
1603 — tentamen de variis codicum hebr. Vet. Test. mss. generibus. Rost. 1772. Hlwd. 372 pp.
1604 **Uhlemann,** Fr., hebr. Sprachlehre. Berl. 1827. Pp. 158 S.
1605 — de varia Cantici Canticorum interpretandi ratione commentatio hist. 4. Berl. 1839. Cart. 26 pp. Progr.
1606 **Ulrich,** J. C., Sammlung jüdischer Geschichten, welche sich mit diesem Volk vom 13. Jahrh. bis 1760 in d. Schweitz zugetragen. 4. Basel 1768. Ldr. Etwas wurmstichig.
1607 **Vansittart,** H., sur l'origine hébraïque des Afghâns. Calcutta 1784. 4. cart. Extr.
1608 **Vater,** Handb. d. hebr., syr., chald. u. arab. Grammatik. Lpz. 1802. Hlwd.
1609 — hebr. Sprachlehre. Lpz. 1797. Pp. 542 Seiten.
1610 **Venture,** Mardochée, prières journalieres à l'usage des Juifs portugais ou espagnols. Traduites de l'hébreu et avec notes élément. Nouv. édition. 5 vols. Paris 1807. Ldr.
1611 **Viaggi** in Terra Santa descritti da anonimo trecentista. gr.-8. Napoli 1862. Cart. 16 pp.
1612 **Viscasillas** y Urriza, M., gramática hebrea. gr.-8. Barcelona 1872. 324 pp.
1613 **Volksblatt,** jüdisches. Hrsg. v. Philippson. 2—5., 7—10. Jahrg. 4. Lpz. 1854/63. (24 M.) Der 3. Jahrg. etwas wasserfl.
1614 — dasselbe. Jahrg. 1855. 4. Lpz. Hlwd. (3 M.)
1615 **Vorst,** de hebraismis Novi Testamenti commentarius. 2 prts. in 1 vol. 4. Frcft. 1705. Pgt.
1616 — de hebraismis N. Test. commentarius. gr.-8. Lps. 1778. Hldr. 856 pp.
1617 **Vosen,** kurze Anleit. z. Erlernen d. hebr. Sprache. Freib. 1860. Pp.
1618 — rudimenta linguae hebr. 3. ed. Frib. 1867. Pp.
1619 **van Waenen,** C., specimen philologicum de linguae hebraeae pomoeriis ampliandis. 4. Lugd. Bat. 1759. 107 pp.
1620 **Wagenseil,** Belehrung d. jüd.-teutschen Red- u. Schreibart. 4. Kgsb. 1699. Hlwd. 390 Seiten.
1621 — Sota, h. e. liber mischnicus de uxore adulterii suspecta, hebr. c. versione lat. 4. Altd. 1674. Ldr.
1622 — tela ignea satanae, s. arcani et horribiles Judaeorum adversus Christum Deum et christianam religionem libri anecdoti. 2 voll. 4. Altd. 1681. Ldr.
1623 **Wasmuth,** M., hebraismus facilitati et integritati suae restitutus. 4. Kiloni 1675. Ldr.

1624 **Wassermann,** M., Judah Touro. Biogr. Roman. Lpz., Leiner, 1871. (3 M.)
1625 **Weckherlin,** C. C. F., hebr. Grammatik. 1. Thl. Formenlehre. Stuttg. 1818. Pp. 184 S.
1626 **Weil,** J., Fragmente aus d. Talmud u. den Rabbinen. 2 Thle. Frkft. 1811.
1627 **Weimar,** D., doctrina accentuationis hebraeae una c. ejusd. auctoris usu accentuationis biblicae. 2 prts. 4. Jenae 1717. In 1 Hpgtbd.
1628 **Weiss,** J. H., Studien üb. d. Sprache der Mischna. Wien 1867. 128 S.
1629 **Weitenauer,** hierolexicon linguarum orientalium hebr., chald. et syriacae. Aug. Vind. 1759. Schwldr.
1630 **Welte,** B., Nachmosaisches im Pentateuch beleuchtet. Karlsr. 1841. Hlwd. (3½ M.)
1631 **Wenrich,** J. G., de poeseos hebr. atque arab. origine, indole mutuoque consensu atque discrimine commentatio. Lps. 1843. Hlwd. (6½ M.)
1632 **Werliin,** Chr., de laudibus Judae Gen. c. XLIX. V. 8—12. celebratis. Commentatio exeget. Hauniae 1838. Cart. 161 pp.
1633 **de Wette,** W. M. L., Lehrbuch d. hebr.-jüdischen Archäologie. 4. Aufl. bearb. v. F. J. Raebiger. M. 2 Tfln. gr.-8. Lpz. 1864. Hlwd. (6¾ M.)
1634 — Lehrbuch d. histor.-krit. Einleit. in d. kanon. u. apokryph. Bücher d. A. Test. 7. Ausg. gr.-8. Berl. 1852. Hlwd. (6 M.)
1635 **Wiesner,** der Bann in s. geschichtl. Entwickelung auf d. Boden d. Judenthums. Lpz. 1864. Pp.
1636 **Winer,** G. B., Grammatik d. bibl. u. targum. Chaldaismus. 2. Aufl. Lpz. 1842. Hlwd. (2¼ M.)
1637 — Grammatik d. neutestamentl. Sprachidioms. 7. Aufl. Lpz. 1867. Hlwd. (6¾ M.)
1638 — chaldäisches Lesebuch. Lpz. 1825. Pp.
1639 — de onkeloso ejusque paraphrasi chaldaica. 4. Lips. 1820. Cart. Diss.
1640 **Wirthgen,** S. W., Materialien zur Einüb. d. hebr. Sprache. Lpz. 1825. Hlwd. 127 S.
1641 **Wolf,** F., Dom Antonio José da Silva, der Verfasser der sogen. „Opern des Juden". Biographie. Wien 1860. Pp. 32 S.
1642 **Wolf,** G., Gesch. d. israelit. Cultusgemeinde in Wien (1820—1860.) gr.-8. Wien 1861. (3 M.)
1643 **Wolf,** J. Chr., historia lexicorum hebraicorum. Vit. 1705. 240 pp.
1644 **Wolff,** A. A., danske Bonner for Israeliter. 2. Udg. Kjobenh. 1858. — Tephilath Israel. Israelitisk Bonnebog for hele Aaret. Kjobenh. 1858. In 1 Hfrzbd.
1645 **Wolff,** J. Chr., bibliotheca hebraea. 4. Hamb. 1725. Ldr. 1161 pp.
1646 **Wörterbuch,** hebr.-teutsches. Dantzig 1743. Pp. 520 Seiten.
1647 **Wörterbuch,** jüd.-deutsches u. deutsch-jüd. Hamb. o. J. Pp. 204 Seiten.
1648 **Wörterbuch,** teutsch-hebr. (z. Verkehr m. Juden). Oett. 1790. Pp. 32 S.
1649 **Wright,** W., the book of Jonah in four oriental versions, namely Chaldee, Syr., Aeth. and Arab. Lond. 1857. Lwd. 148 pp.
1650 **Wünsche,** A., d. Leiden d. Messias in ihrer Uebereinstimm. m. d. Lehre d. A. Test. u. d. Aussprüchen d. Rabbinen in den Talmuden, Midraschim u. andern alten rabbin. Schriften. gr.-8. Lpz. 1870. (3 M.)
1651 **Yung,** P., alphabet. Liste aller gelehrten Juden u. Jüdinnen, Patriarchen etc. bis auf unsere Zeiten. Lpz. 1817. Hlwd. 442 S.
1652 **Zeibich,** de cantione solenni, in 1. Paschatis nocte ap. Hebr. recepta. Vitemb., 1740. 4.
1653 **Zeitschrift,** jüdische, für Wissenschaft u. Leben. IV. Jahrg. Bresl. 1866. (5 M.)
1654 **Zeitschrift,** wissenschaftliche, für jüd. Theologie. Hrsg. v. Geiger. Bd. I 3, II 1, III 1, 2, IV 1, 2, V 1, 2, Frkft. 1835/43.
1655 **Zeitschrift** f. d. Wissenschaft d. Judenthums, red. v. Zunz. I. Bd. Berl. 1823. Hlwd.
1656 **Zorn,** P., diss. de epithalamiis s. carminibus veterum Hebraeorum nuptialibus. 4. Hamb. 1722.
1657 **Zuallardo.** Il devotissimo viaggio di Gierusalemme, fatto dal signor G. Zuallardo, l'a. 1586. C. figg. Roma 1595. Pgt. Einige Bl. fleckig.

1658 **Zunz,** zur Geschichte u. Literatur. 1. (einz.) Bd. gr.-8. Berl. 1845. Hlwd. (9 M.) Einige S. etw. braunfl.
1659 — Namen d. Juden. Lpz. 1837. Pp. (2¼ M.)
1660 — die synagogale Poesie des Mittelalters. 2 Thle. Berl. 1855/59. Hlwd. (15½ M.)
1661 — d. gottesdienstl. Vorträge d. Juden historisch entwickelt. gr.-8. Berl. 1832. Pp. 481 S.

Hebräische Manuscripte u. Handschriften.

1662 **Abraham Abigdor,** Biur al Schaaré Almanzur, „Commentar üb. die Pforten des Almanzur", ein umfassend. medicinisches Werk. Auf Pergmt. geschrieb. 4. Ldr. 126 Blätter.
1663 **Abraham b. David** (aus Toledo), Sefer ha-Emunah ha-ramah, religionsphilosophisches Werk. 4. 1 Bl. beschäd., Schl. fehlt. Fleckig. 126 Blätter.
1664 **Abu'lafia el-Lâwi, Mëir,** Masoret Sejag la-Torah, masoretisches Wörterbuch üb. den Pentateuch, in alfab. Ordnung, nebst ein. Anhang. Abschr. v. ein. in Florenz 1750 gedr. Exempl. 4. Ldr. 134 Bl.
1665 **Alfergani,** Jesodot ha-Techuna, die Elemente der Astronomie, aus dem Arabischen ins Hebr. übertr. v. Jakob Antoli. Auf Pergmt. geschrieb. 12. Ldr. Titelbl. fehlt, 1 Bl. verwischt. 96 Blätter.
1666 **Almosnino,** Mos., Tefillah le-Moscheh, Apologetik des mosaischen Gesetzes, am Schl. Vorschriften üb. das Nachtgebet. Geschrieb. v. Josef b. Salomo 1580. 4. Pgt. 127 Blätter.
1667 **Anweisungen** zur Tagwählerei u. üb. die Geheimnisse der Buchstaben, arab. m. jüd. Let. 16. Schl. fehlt. 14 Blätter.
1668 **Archivolti,** Sam., Arugat ha-Bosem, hebr. Grammatik. Abgeschr. v. Mardechai Jafé. Beigef. Pirké Elijahu, grammatische Abhandlungen, von El. Levita. 4. Ldr. 116 Blätter.
1669 **Aruch,** Wörterbuch zur heil. Schrift, hebr.-italienisch. 1636. Ldr. 417 Bl.
1670 **Avicenna,** Sefer ha-Canon, opus de medicina universa, interpret. v. Jos. Lokri (Ibn Vivas), aus dem Arab. übers. v. Ascher Minz (v. Nat. Chamati?). 4. Ldr. Fleckig. 128 Blätter.
1671 **Chajjug, Jehuda b. David,** Sefer ha-Nikkud, Abhandlung üb. die hebr. Accente u. Vocale, aus dem Arabischen ins Hebräische übertr. v. Abr. Ibn Esra. Angeb. Dikduk Elijahu ha-Lewi (Sefer ha-Bachur), hebr. Grammatik, v. El. Levita. (Gedr. Isny 1542.) 4. Hldr.
1672 **Chasan,** Abraham, Selichot, Bussgebete und Pijutim für die beiden Neujahrstage u. den Versöhnungstag. 4. Hldr. 1 Bl. def., Schl. fehlt. 140 Bl.
1673 **Chiddusché Kidduschin,** Novellen üb. den Talmudtractat Kidduschin. 4. Ldr. Titelbl. u. Schl. fehlt, 1 Bl. beschäd. 91 Blätter.
1674 **Chidduschim,** Sammlung halachischer Novellen v. berühmten Rabbinen im 18. Jahrhund. 4. Hldr. Titelbl. u. Schl. fehlt. 71 Bl.
1675 **Danon, Josef b. Jakob** (aus Belgrad), Scheloscha Sarigim, 1. Th. über die Bedeutung der heil. Schrift, u. die Berechtigung des überlieferten Gesetzes. Amsterdam 1659. 4. Ldr. 52 Blätter.
1676 **Dikduk Leschon ha-Kodesch,** hebräische Grammatik. Anonym, ungef. Mitte des 17. Jahrh. geschrieb. 4. Hldr. 55 Blätter.
1677 **Diwan** von hebr. Gedichten, orient. Schrift. Ldr. 66 Blätter.
1679 **Duran, Profiat** (Efodi), Maase Efod, hebr. Grammatik mit Prolegomenen. 4. Hldr. Titelbl. fehlt, fleckig. 117 Blätter.
1680 **Ebel rabbati,** Compendium üb. die Beerdigung der Todten u. die Trauer. 4. Pp. 17 Blätter.
1681 **Elissa b. Jakob,** Sefer Ibronot, über das Kalenderwesen. Abschr. v. ein. 1640 gedr. Exempl. 4. Pp. 35 Blätter.
1682 **Epistola Rabbi Samuel ad Rabbi Isaak,** Disputationes Judaeorum, contra S. Athanasium Mohametum. Arabice transl. per Alphonsum Ord. praedicatorum. Saec. XV. 4. 27 Blätter.

1683 **Di Fano,** Menachem As., Asara Maamarot, sechs der zehn Abhandlungen über kabbalistische Gegenstände, nach den Grundsätzen des Isaak Loria. Angeb. Chidduschè Tora, Deruscha's, v. . . ? 1126(?) 4. Hldr. 172 Bl.

1684 **Frizzol,** Abr., Sefer Wikkuach ha-Dat, Religionsdisputation über Judenthum u. Christenthum, in 71 Kap. geth. 4. Ldr. 91 Blätter.

1685 **Haggada,** Ritual der zwei ersten Pesach-Abende. fol. Hlwd. Prgmt. 72 Bl.

1686 — dasselbe mit ein. hebr. Comment. v. Rab. Jizchak(?) u. 9 prachtvollen color. Zeichnungen. Auf Pgmt. geschrieb. fol. Ldr. Anf. fehlt. 24 Blätter.

1687 **Ha-Measset,** Sammlung von hebr. Gedichten u. wissenschaftl. Aufsätzen, mit dem Portrait des Thalos. Kassel 1799. Pp. 33 Bl.

1688 **Jad David ha-katon,** Sammlung von Novellen üb. die erst. 3 Büch. Mosis, von berühmt. Rabbinen des vor. Jahrhund. Hldr. 30 Blätter.

1689 **Jakob b. Ascher,** Kizzur Piské ha-R̃Ãsch, Compendium der Decisionen seines Vaters Ascher, der Reihe der Talmudtractate folgend. Ldr. 271 Bl.

1690 **Jakob Zemach,** Nagid u-Mezaweh, üb. die mystische Bedeutung vieler Gebote, Ceremonien u. Bussübungen, nach den Schriften des Js. Loria geordn., nebst ein. 6 Seit. lang. Einleit., worin Wundergeschichten üb. Js. Loria mitgeth. werd. Pp. 119 Blätter.

1691 **Ibn Esra,** Abr., Reschit Chochma, 10 Abschnitte über Astrologie. Titel fehlt. Beigef.: Mischpeté ha-Masalot, Abhandl. üb. Astrologie, v. dems.; Moladot, de nativitatibus sive geniturís, v. dems., mit Erläuter. v. Imm. b. Jakob; Sefer ha-Mibcharim, de diebus criticis, v. dems.; Sefer ha-Meorot, de luminaribus et diebus criticis, v. dems.; Sefer ha-Olam, üb. Astrologie, v. dems. 4. Hldr. 72 Blätter.

1692 — Sefer Keli nechoschet, Beschreibung über Anfertigung u. Gebrauch des Astrolabs. Angeb.: Alchadev, Abhandlung üb. Astronomie u. Kalenderwesen, v. Jakob b. Abba-Mare b. Jizchak b. Sal. Ibn Zaddik Ibn Al'chadev; Perusch Asijat . ., kurze Abhandl. üb. Astronomie, v. Samuel b. Simon; Eben bochan, Sittenspiegel üb. die Gebrechen der Zeit, v. Kalonymos b. Kalonymos. Venedig 1546. 4. Ldr. 10 Blätter.

1693 — Sefer ha-Scheëlot, über Astrologie. 4. Hpgt.

1694 **Ibn Gebirol,** Sal., Mibchar ha-Peninim, Sammlung ethischer Sprüche. Beigef. Peniné Melizot (Schekel ha-Kodesch?), ethische Sprüche u. Sentenzen, Prosa mit kurz. Gedichten untermischt, v. Josef Kimchi(?). 1597(?). 4. Hldr. Titelbl. fehlt. 46 Blätter.

1695 **Jehuda**(?), Abhandlungen über Philosophie, Mathematik u. Astronomie, ursprüngl. arabisch geschrieb., aber später vom Verfasser selber in Toskana ins Hebräische übers. Auf Pergmt. u. Pap. geschrieb. 4. Hldr. Titelbl., Anf. u. Schl. fehlen. 248 Blätter.

1696 **Iggeret mesuehsechet,** Vermächtniss ein. Frau Sara Sonnenheim an ihre Kinder, jüd.-deutsch. Auf Pgmt. geschrieb. Mannheim 1714. Ldr. 6 Blätter.

1697 **Josef . . .,** Sefer Kalul, Moral u. Askese, in 30 Abschnitte getheilt, für die 30 Tage des Monats. 1540(?) Ldr. 60 Blätter.

1698 **Josef b. Moses,** Eser Sefirot, Sittensprüche u. Sentenzen. Konstantinopel. Beigeb. Kelil Jofi, kurze hebr. Grammatik, v. Ahron b. Josef. Kosloff 1847. Hldr.

1699 **Isaak b. Abba-Marc,** Sefer ha-Ittur, Ritualien u. Novellen. Beigef. Hilechot Schechita le-Mar Rab Nachschon, die Vorschriften üb. das Schlachten, von Nachschon b. Zadok. 1581(?) fol. Auf Pergmt. geschrieb. Hldr. Anf. fehlt, Schl. def., i. d. M. mehr. Seit. leicht beschäd. 90 Blätter.

1700 **Isaak b. Abraham,** Versterking des Geloof's (Chis'suk Emuna), Apologie des Judenthums gegen das Christenthum, aus dem Hebr. ins Niederdeutsche übersetzt, v. Daniel de la Pena. Rotterdam 1729. 4. Ldr. 469 Bl.

1701 **Juda b. Jizchak,** Nizzachon, für das Judenthum gegen das Christenthum. Jüd.-deutsch (Uebersetz. v. Mühlhausen's Nizzachon?). 1627. Angeb.

Schebiló Emuna, speculative Dogmatik des Judenth., v. M. Ibn Aldabbi. Gedr. Amsterd.. 1627. Schl. fehlt. 4. Hldr. 144 Blätter.

1702 **Kalila we-Dimna,** hebr. Fuchs-Fabeln. Von ein. Handschr. auf d. Bibliotheque Imperiale zu Paris abgeschr. v. B. Goldberg. 1856. 88 Seit. Beigef. Schaaré Zedek (Iggeret ha-Kodesch?), Regeln üb. das Eheleben, v. Moses Nachmani. 14 Seit.; Iggeret ha-Petira, üb. das Endziel des Menschen, v. Abu Bekr (b. Alzaig, vgl. Munk, Mélanges, p. 383 f.). Schl. fehlt. fol. 65 Blätter.

1703 **Kalimani,** Simcha, Kelalé ha-Dikduk, hebr. Grammatik, mit türk. Uebersetz. (hebr. Let.), v. Hilel b. Moses. 1848. 4. 74 Blätter.

1704 **Kalonymos b. Kalonymos,** Eben boschan, Sittenspiegel über die Gebrechen der Zeit. 4. Pgt. Titelbl. fehlt.

1705 **Kebuzat Sefarim,** Sammelband v. 20 kleineren Schriften, grammatischen, rituellen u. moralischen Inhalts, meist. Abschriften v. gedr. älter. Werk. 1823. Ldr. 504 Blätter. Die vier ersten Bl. beschäd.

1706 **Kimchi,** Dav., Sefer ha-Schoraschim, hebr. Wörterbuch, sehr alte Pergmt.-handschrift. fol. Ldr. Anf. bis Buchst. בה u. Schl. fehlen. 216 Blätter.

1707 **Kimchi,** Mos., Mahalach Schebilé ha-Daat, hebr. Grammatik, mit einer Einleitung von Binjamin b. Jehuda. Beigef.: Ha-Schaar be-Geder ha-Schir, über die neuhebräische Metrik, von El. Levita; Maase Tora, Sittensprüche und Sentenzen, von R. Jehuda ha-Nasi; Maase de-Rabbi, Josua b. Lewi, Sammlung von Haggadas; Sefer Orchot Chajjim. Sittenlehren in der Form eines Vermächtnisses an seinen Sohn, von R. Elieser b. Isaak; Minchat Jehuda, „der Weiberfeind", über Frauenliebe und Frauenwerth, Prosa mit kurzen Gedichten untermischt, von Jehuda b. Schabbatai. 4. Hldr. 109 Blätter.

1708 **Labi,** Sim., Seder Tikkuné Chala, ausgewählte Stücke aus der Bibel und dem Sohar und Gebete für die erste Pfingsten-Nacht. Tripolis 1680. 32. Ldr. 54 Blätter.

1709 **Levita,** El., Masoret ha-Masoret, Einleitung in das Studium der Masora. 1626 (?) 12. Cart. 34 Blätter.

1710 — Perek Schira. von den hebr. Consonanten und Vocalen und ihren Gesetzen in 13 Liedern mit prosaisch. Erläuter. Alte Handschr. Fleck. 20 Blätter.

1711 — Sefer ha-Harkaba, über schwierige Wörter, die aus verschiedenen Formen zusammengesetzt sind. Beigef.: Perek Schira, v. dems.; Dikdukim, 4 grammat. Schrift., Mahalach, v. Mos. Kimchi, Petach Debarai, v. e. Ungen., Zachot und Mosnajim, v. Abr. Ibn Esra, Schemot Debarim, Nomenclator hebräischer Wörter, jüdisch-deutsch, hebr., lat. und deutsch, v. El. Levita. Abschr. von in Venedig 1546 gedruckt. Exempl. 172 Blätter.

1712 — Sefer Tob Taam, über die hebr. Accente. Abschr. eines Baseler Exemplars. Beigef.: Perusch ha-Masoret, üb. masoret. Eigenthümlichkeit. und Abbreviatur., von El. Levita; Sefer Zachot, krit. Forsch. über Gegenstände der hebr. Grammat., von Abr. Ibn Esra; Petach Debarai, hebr. Grammat., v. e. Ungen.; Ha-Schaar be-Geder ha-Schir, über die neuhebr. Metrik, von El. Levita; Mosné Leschon ha-Kodesch, hebr. Formenlehre, von A. Ibn Esra; Reamim u. Reaschim, Wetterprophezeihungen für alle Monate des Jahres, von Is. Askenasi, Abschrift von in Venedig 1546 gedruckten Exemplaren. 4. Pgt. 138 Blätter.

1713 **Loria,** Is., Peri Ez Chajjim, kabbalistisches Werk über den Geheimsinn der Gebote, und mystische Deutungen vieler Bibelstellen. 1. Theil. 4. Ldr. 168 Blätter.

1714 — Tefilla, Sammlung von mystischen Gebeten und Anweisungen. Jerusalem 1580. 16. Ldr. 155 Blätter.

1715 **Luzzatto,** M. Ch., la-Jescharim Tehilla, hebr. Drama. Geschrieben 1834. Beigeb. Schirim, 17 hebr. Gedichte. Hldr. 77 Blätter.

1716 **Machasor,** die jüdischen Festgebete nach italien. (span.) Ritus. Auf

Pergament geschrieben. Ldr. Titelblatt fehlt, mehrere Bl. z. Anf. fleckig. 211 Blätter.

1717 **Machasor,** Gebete und Pijutim für Sukkottage. Auf Pergmt. geschrieb. Titelbl. und Schl. fehlen. 73 Blätter.

1718 — Gebete und Pijutim für die Neujahrstage und den Versöhnungstag, span. Ritus. Auf Pergmt. geschrieben. 4. Titelbl. fehlt. 145 Blätter.

1719 **Machasorfragment** mit prachtvoll. Goldinitialen, die Haftora's mit accentuirt. Targum. Auf Pgmt. geschrieb. 4. 30 Blätter.

1720 **Maggid Mischne,** Commentationen und Novellen üb. Maimuni's Jad ha-chasaka. 3. Th. (Semannim). fol. Theilweise auf Prgt. geschrieben. Hldr. Schluss fehlt. 176 Blätter.

1721 **Maimuni,** Mos., Jad ha-chasaka, Zusammenstellung aller Halacha's nach der Schrift u. n. den Talmuden. 1. u. 2. Th. (Sefer ha-Madda und Sefer Ahaba). Auf Pergmt. geschrieb. fol. Schl. fehlt. 4 Bl. z. Anf. beschäd. 96 Blätter.

1722 — Millot ha-Higgajon, Erklär. d. logisch. Terminologie. Abschr. auf Pgmt. v. ein. in Cremona 1586 gedr. Exempl. 16. Ldr. 35 Blätter.

1723 **March Zedek,** Verzeichniss der wichtigsten im Talmud behandelten halachischen Themen, alfab. geordn. 4. Titelbl. u. Schl. fehlen. 82 Seiten.

1724 **Mardechai** (?), Zidkat Mosche, Vertheidigung des Mos. Mendelssohn u. seiner Schriften gegen die Anfeindungen und Angriffe der Orthodoxen. 1802. 4. 91 Blätter.

1725 **Megillat** Ester, Pergamentrolle. Buchst. gr., zieml. alt.

1726 **Megillat** Ester, Pergamentrolle. Buchst. gr., alt.

1727 **Megillat** Ester, Pergamentrolle, illustr. Buchst. mittelm., 1. S. def., am Schl. 1 S. e. wen. verwischt, alt.

1728 **Megillat** Ester, Pergamentrolle. Buchst. gr., alt.

1729 **Megillat** Ester, Pergamentrolle, illustr. Buchst. zieml. kl., alt.

1730 **Megillat** Ester, Pergamentrolle mit color. Handzeichnungen. Buchst. mittelmäss., scheint zieml. alt.

1731 **Megillat** Ester, Pergamentrolle, mit Illustrationen. Buchst. zieml. kl., scheint alt.

1732 **Megillat** Ester, Pergamentrolle. Buchst. gr., neu.

1733 **Megillat** Ester, Pergamentrolle. Buchst. zieml. gr., neu.

1734 **Megillat** Ester, Pergamentrolle. Buchst. zieml. gr.

1735 **Megillat** Ester, Pergamentrolle. Buchst. mittelm.

1736 **Meïri, Menachem b. Salomo,** Kirjat Sefer, Vorschriften über die Gesetzesrolle, am Schluss Grammatisches. Von ein. Pariser Handschr. abgeschr., v. B. Goldberg. Paris 1862. fol. 106 Seit.

1737 **Mendelssohn,** Mos., deutsche Uebersetzung des Pentateuchs. Geschrieb. v. Ahron Hamburger. 1789. qu.-4. Ldr. 96 Blätter.

1738 **Mischpat Leschon ha-Kodesch,** hebr. Grammatik aus dem vor. Jahrhundert. 4. Pgt. 69 Blätter.

1739 **Nachmani,** Mos., Chiddusché Schabbat, Novellen über den Talmudtractat Sabbat. Geschrieb. v. Menahem b. Jehuda. 4. Ldr. 166 Blätter.

1740 **Nagára, Israel b. Moses,** Schirim u-Pismonim, grosse Sammlung religiöser Lieder und Hymnen. Ldr. 222 Blätter.

1741 **Narboni,** Mos. b. Josua, Perusch ha-More, Comment. üb. Maimuni's religionsphilos. Werk More Nebuchim. fol. Ldr. Z. Anf. mehr Bl. def. 147 Blätter.

1742 **Nasi, Don David,** Hodaat Baal Din, Polemik gegen das Christenthum u. Apologie des Judenthums in 2 Theilen. Verf. im J. 1435 (?). 4. 29 Blätter.

1743 **Perusch le-Kezat Dibré ha-Chacham R. Abraham b. Esra be-Perusch ha-Tora,** Supercommentar über Ibn Esra's Commentar zum Pentateuch. Beigef. ist noch ein zweit. Supercomment. mit ein. kurz. Einleit. von einem andern Verf. 4. Pergt. 76 Blätter.

1744 **Perusch Tehillim,** Commentar üb. das 5. Buch der Psalmen (Kap. 107—150). 4. 205 Blätter. Etwas fleckig.

1745 **Philidor,** A. D., die Kunst im Schachspiel ein Meister zu werden, nach dem Muster der berühmten grossen Schachspiel-Meister in England. Deutsch mit jüd. Buchst. Strassburg. 4. Pp. 131 Blätter.
1746 **Pijutim,** Sammlung von Pijutim und religiös. Liedern. Ldr. 90 Seiten.
1747 **Pinto, Josij. b. Jos.** (?), Kesef nibchar, Betrachtungen üb. die heil. Schrift. Am Schl. Gebete in Versen, v. Saul Kaspi. 1681 (?). 12. Pgt. 303 Blätter.
1748 **Pismonim,** 104 hebr. Hymnen. Ldr. 67 Blätter.
1749 **Ritualien,** Vorschriften üb. das Schlachten, Visitiren u. s. w., hebr. Auf Pergt. geschrieb. Anf. u. Schl. fehlen. 12. 119 Blätter.
1750 **Rosa b. Chajjim ha-Lewi,** Sefer ha-Naschim, Buch für Hebammen, über Embryologie, Geburtshülfe und üb. die Behandlung und Pflege der Wöchnerin und des Kindes nach der Geburt, nach eigener Erfahrung jüd.-deutsch. Geschrieb. von Ahron b. Schabbetai. Amsterdam 1709. 4. Ldr. 169 Blätter.
1751 **Saruk, Jizchak Jbn Chajjim,** Sefer Abné Sikkaron, Compendium der Ehegesetze. Amsterdam 1680. 16. Pgt. 75 Blätter.
1752 **Schabbetai b. Mose** (?), Iggarot, hebr. Briefsteller. 60 Blätter.
1753 **Schlemiel,** Sal., Schibché ha-Ari, über das Leben und Wirken des Isaak Loria. Fleck. 57 Blätter.
1754 **Seder Sod ha-Schem,** Ritual der Beschneidung und der Einlösung des Erstgeborenen, mit color. Handzeichnungen. Auf Pergmt. geschrieb. 1729. 16. Ldr. 21 Blätter.
1755 **Seder Tefillot,** das jüd. Gebetbuch, span. Ritus. Auf Prgmt. geschrieb. 16. Ldr. 1. Bl. etw. verwischt. 151 Blätter.
1756 **Sefer ha-Dikduk,** hebr. Grammatik in jüd.-deutscher Sprache. Ursprüngl. in holländ. Spr. verfasst, dann v. Verfasser selb. ins Jüd.-deutsche übertr. London 1754. 4. Ldr. 74 Blätter.
1757 **Sefer, Jakob b. Jehuda,** Sefer Sod Adonai, Vorschriften üb. Beschneidung und Einlösung des Erstgeborenen, die dabei üblichen Gebete. Auf Pergmt. geschr. Hamburg 1728. Ldr. 56 Seit.
1758 **Sefer Musar,** Moral und Askese, am Schluss: Sendschreiben des Nachmanides an sein. Sohn. Verf. nicht zu ermitteln. 12. 121 Blätter.
1759 **Sefer Tora,** Gesetzesrolle. Breite 23 Ctm., Buchst. mittelm., zieml. alt.
1760 **Sefer Tora,** Gesetzesrolle. Breite 21 Ctm., Buchst. kl., zieml. neu.
1761 **Soferim,** der Talmudtractat Soferim (italien. Handschrift aus dem 16/17 Jahrh.) 4. Cart. 19 Blätter.
1762 **Selichot,** hebr. Bussgebete für den 10. Tebet u. s. w. 4. Hldr. 22 Blätter.
1763 **Selichot u-Tefillot,** Bussgebete und Pijutim für die beiden Neujahrstage und den Versöhnungstag, span. Ritus. Am Schl. ein 5 Seit. lang. Reimgedicht. Auf Prgmt. geschrieb. Ldr. 329 Blätter.
1764 **Semirot le-Jisrael,** Sammlung von Pijutim und Hymnen. Ldr. 54 Bl.
1765 **Sforno, Obadja,** Perusch al ha-Tora, Commentar über den Pentateuch. Angeb. Kawanot ha-Tora, Betrachtung. und Forschungen üb. das Gesetz, v. dems. geschrieb. 1686 (?). 4. Pgt. Schl. des Anhangs fehlt. 168 Blätter.
1766 **Sippurim we-Haggadot,** Sammlung von kl. Geschichten und Haggada's (der Tod Ahron's, Moses' u. s. w.). Pp. 45 Blätter.
1767 **Stern,** Salomon, Sebach Schelomo, die Vorschriften über das Schlachten alfab. geordnet. Hebr. und deutsch mit jüd. Let. 4. Cart. 83 Blätter.
1768 **Tarjag Mizwot,** die 613 Gebote und Verbote, in deutsch. Spr., mit jüd. u. deutsch. Let. Auf Pgmt. geschrieben. Berlin 1721. fol. Ldr. 51 Bl.
1769 **Tausend und eine Nacht,** jüd.-deutsch. 1. und 2. Theil. 4. Hldr. 153 Blätter.
1770 **Tefillot,** Gebetsammlung in jüd.-spanischer Sprache. Ldr. Titelbl. fehlt. 294 Blätter. Das erste Bl. am vordern Rand beschädigt.
1771 **Tefillot,** grosse Gebetsammlung, nebst Pijutim, für die Sabbate vor den Festtagen, das Purimfest, den 9. Ab. u. s. w. Ldr. 526 Blätter.

1772 **Tefillot, Dinim we-Dibre Musar,** Sammlung von Gebeten, Ritualien, Sittensprüchen und Testamten moralischen Inhalts, dazu d. Derech Mosche, Moral, Askese, und Mystik von Moses b. Mëir Kahana. Fürth 1709 (?). 16. Ldr. 288 Blätter.
1773 **Teschubat Ah'ron,** Moral und Askese, nebst Gebeten und Ritualien. Jüd.-deutsch. Fürth 1758. 4. Pgt. 106 Blätter.
1774 **Tikkun Soferim** (?), Anweisungen für Gesetzesrollen- u. Tefilinschreiber. 4. Hpgt. Titelbl. fehlt, 1. Bl. fleckig. 30 Bläter.
1775 **Trani,** Matt. N., Tif'eret Sinai, hebr. Drama üb. die Offenbarung a. Sinai. 1778. 12 Blätter.
1776 **Tschelebi,** Isaak, Sefer Dikduk, hebr. Grammatik. 142 Seit. Beigef. ein hebr. Gedicht v. Ahron Hamon u. ein kl. hebr. Wörterb. nach Kimchi. Ldr. 115 Blätter.
1777 **Vital,** Chajjim, Nof Ez ha-Chajjim, kabbalistisches Werk. Am Schl. 5 Seiten von Is. Loria üb. das hebr. Alfabet. 4. Pgt. 116 Blätter.
1778 **Vital,** Samuel b. Chajjim, Tozeot Chajjim, Betrachtungen über das 1. Buch Mosis, am Schl. Inhaltsverz. und 3 Hymnen. Vom Verfass. selb. geschrieb. in Kairo 1672, vgl. Fürst, Bibliotheca jud., III, S. 482. 4. Hldr. 200 Blätter.
1779 — Tozeot Chajjim, Betrachtungen über das 2. Buch Mosis, mit ein. Inhaltsverzeichn. Vom Verf. selb. geschrieb. in Kairo 1673. 4. Hldr. 338 Blätter.
1780 **Wikkuach,** „Religionsdisputation", Apologie des Judenthums u. Polemik gegen das Christenthum, der christl. Gegner (Mechached) heisst Ibn Joel b. Petuel. 4. Titelbl., Anf. u. Schl. fehlen. 110 Blätter.

1781 **Parochet,** Vorhang vor der heil. Lade, Seidenstickerei mit Goldfransen.

Aramäisch. Syrisch. Assyrisch.

1782 **Adler,** Novi Test. versiones syriacae simplex, philoxeniana et hierosolymitana. 4. Hafniae 1789. Pp. 206 pp.
1783 **Amira,** G. M., grammatica syriaca, sive chaldaica. 4. Romae 1596. Pp. 248 pp. Einige S. unbed. wasserfl.
1784 **Arnoldi,** A. J., chronicon syriacum abulphragianum e scriptoribus graecis emendatum, illustratum. 4. Marb. 1805. Pp. 61 pp.
1785 **Athanasius,** Bischofs v. Alexandria, Festbriefe. A. d. Syrischen v. Larsow. M. 3 Karten. Lpz. 1852. Hlwd. (2$^{9}/_{10}$ M.)
1786 **Bernstein,** G. H., de Charklensi Novi Test. translatione syriaca comm. 4. Vratisl. 1837. Cart. Diss.
1787 — lexicon linguae syriacae. Vol. I. fasc. I. fol. Berol. 1857.
1788 **Boetticher,** P., horae aramaicae. Berol. 1847. Pp. (2 M.)
1789 — rudimenta mythologiae semiticae supplementa lexici aramaici. Berol. 1848. Pp. 59 pp.
1790 **Castelli,** E., lexicon syriacum ex eius lexico heptoglotto seorsim typis describi cur. atque sua adnotata adj. J. D. Michaelis. 2 prtes. 4. Goett. 1788. Pp.
1791 **Cellarii,** excerpta Vet. Test. syr., syr. et lat. 4. Cizae 1682. Pp.
1792 — excerpta N. Test. syriaci c. lat. interpretat. Cizae 1682. — Ejusd. glossarium excerptis accomodatum. Ibid. 1683. In 1 Ppbde. 4.
1793 — glossarium syro-lat., nuper vulgatis utriusque Test. excerptis accommodatum. 4. Cizae 1683. Pp. 52 pp.
1794 — porta Syriae patentior s. grammatica nova etc. 4. Cizae 1682. Pp. 95 pp.
1795 **Cowper,** the principles of syriac grammar. Lond. 1858. Hlwd. 183 pp.
1796 **Danz,** J. A., aditus Syriae reclusus, compend. ducens ad plenam linguae syriacae cognitionem. Jenae 1715. Pp. 92 pp.
1797 **Dietrich,** F., codicum syriacorum specimina, e museo brit. C. 6 tabb. 4. Marb. 1855. Pp. 29 pp.
1798 **Ecchellensis,** Abrah., linguae syriacae institutio. 16. Romae 1628. Cart.

1799 **Evangelium,** d. heil., d. Johannes. Syrisch in Harklens. Uebers. Nebst krit. Anmerk. v. G. H. Bernstein. Leipz. 1853. Lwd. (8 M.)
1800 **Excerpta** Vet. Test. syriaci, ed. Chr. Cellarius. 4. Cizae 1682. Pp.
1801 **Fürst,** J., Perlenschnüre aramäischer Gnomen u. Lieder. Aram. m. Erläut. u. Glossar. gr.-8. Lpz. 1836. Hlwd. (4 M.) Wasserfleckig.
1802 **Geoponicon** in sermonem syriacum versorum quae supersunt. (Syr.) P. Lagardius ed. gr.-8. Lps. 1860. Pp. (12 M.)
1803 **Grafunderi,** D., grammatica syriaca c. syntaxi et lexico. Wittenb. 1665. — Friederici, V., dicta S. Scripturae hebr., chald. ac syriacae. Lps. s. a. In 1 Pgtbde.
1804 **Gregorii Bar Hebraei** grammatica linguae syr. in metro Ephraemeo. Syr. et lat. Annotat. instrux. E. Bertheau. Gött. 1843. Hlwd. (2¾ M.)
1805 **Hahn,** A., Bardesanes Gnosticus Syrorum primus hymnologicus. Lipsiae 1819. Hlwd.
1806 — et **Sieffert,** chrestomathia syriaca. c. notis. Lips. 1825. Pp. (4 M.)
1807 **v. d. Hardt,** syriacae linguae fundamenta. Ed. II. Helmest. 1701. Pgt.
1808 — Syria graeca. Helmst. 1715. 124 pp.
1809 **Hasse,** J. G., lectiones syro-arabico-samaritano-aethiopicae. Regiomonti 1788. 110 pp.
1810 **Hoffmann,** A. Th., grammaticae syriacae libri III. C. 3 tab. 4. Halae 1827. Hlwd. (12 M.)
1811 **Jahn,** J., elementa aramaicae seu chaldaeo-syriacae linguae, ed. A. Oberleitner. gr.-8. Viennae 1820. Hlwd. 196 pp.
1812 **Isenbiehl,** J. L., Beobacht. v. d. Gebrauch d. syrischen Puncti diacritici bey d. Verbis. 4. Gött. 1773. Pp. 30 S.
1813 **Kirsch,** G. G., chrestomathia syriaca, c. lex. syr. Hofae 1789. Pp.
1814 — id. liber. 2 voll. Lps. 1832/36. Hlwd. (9 M.)
1815 **Lagardii,** P., analecta syriaca. C. app. Lips. 1858. Hlwd. 238 pp.
1816 **Landsberger,** fabulae aliquot aramaeae. Berol. 1846. 39 pp.
1817 **Larsow,** F., de dialectorum linguae syriacae reliquiis. 4. Berol. 1841. Pp. 28 pp. Progr.
1818 **Leusden,** J., scholae syriacae libri III. Una c. dissert. de literis et lingua Samaritanorum. Ultrajecti 1658. Hldr. 255 pp. Etw. fleckig.
1819 **Libri** Vet. Test. apocryphi syriace e recognit. P. A. de Lagarde. gr.-8. Lps. 1861. Pp. (20 M.)
1820 **Linguae** syriacae prima elementa. 4. Antv. 1572. Cart. 23 pp.
1821 **Löwenstein,** J., essai de déchiffrement de l'écriture assyrienne pour servir à l'explication du monument de Khorsabad. Av. 3 tables. Lex.-8. Paris 1845. Pp. 36 pp.
1822 **Michaelis,** Chr. B., syriasmus, i. e., grammatica linguae syriacae. 4. Halae Magd. 1741. Pp. 176 pp.
1823 — id. liber. Halae Magd. 1741. — Isenbiehl, J. L., Beobachtungen von dem Gebrauch der syrischen Puncti diacritici bey d. Verbis. Gött. 1773. In 1 Bde. 4.
1824 **Michaelis,** J. D., syrische Chrestomathie. I. Theil. Göttingen 1783. Hlwd.
1825 — glossarium chrestomathiae syriacae ed. J. Chr. C. Doepke. Gött. 1829. Pp. 192 pp.
1826 — grammatica syriaca. 4. Halae 1784. Pp. 299 pp.
1827 **Möller,** J. H., über den syrischen Nomenclator des Thomas a Novaria. Gotha 1840. Pp.
1828 **Opitii** Syriasmus. 4. Lips. 1691. Hlwd.
1829 **Oppert,** J., éléments de la grammaire assyrienne. Paris 1860. Pp.
1830 **Psalterium** syriacum, syr. et lat. ed. Erpenius. Halae 1786. Pp.
1831 **Rerum** seculo 1500 in Mesopotamia gestarum liber, e cod. syr. ed. et interpr. lat. illustr. Behnsch. 4. Vratisl. 1838. Pp.
1832 **Reusch,** J. G., syrus interpres c. fonte N. Test. graeco collatus. Lipsiae 1741. Pp. 384 pp.
1833 **Roediger,** chrestomathia syriaca, c. glossario. Halis 1838. Hlwd. (3¾ M.)

1834 **Schaubert**, J. Chr., exercitatio acad. de lingua aramaea. 4. Altorfii 1739. Pp. 24 pp.
1835 **Schönhak**, Hamasbir od. Aruch Hachadasch, aramäisch-rabbinisch-deutsch. Wörterbuch. Warschau 1858. Hfrz.
1836 **Svanborg** et **Malmsten**, de usu dialecti syriacae in illustrando hebraismo. 2 prts. 4. Ups. 1795. Diss.
1837 Novum **Testamentum** syriacum, c. lexico, ed. Aeg. Gutbir. Hamburg 1663. Ldr.
1838 **Thesaurus** syriacus, colleg. St. M. Quatremère, G. H. Bernstein, Lorsbach etc., ed, Payne Smith. Fasc. I. fol. Oxonii 1868.
1839 **Titi Bostreni** contra Manichaeos libri IV. syriace. P. A. de Lagarde edidit. Lex.-8. Berol. 1859. Hfrz. (18 M.)
1840 **Tornberg, Malmquist, Bergmann**, de linguae aramaeae dialectis dissert. 4. Upsaliae 1842. 40 pp.
1841 **Trost**, M., lexicon syriacum ex inductione omnium exemplorum Novi Test. syriaci adornatum. 4. Cothenis 1623. Pgt.
1842 **Uhlemann**, Fr., de versionum N. T. Syriacarum critico usu. 4. Berlin 1850. Pp. 36 pp. Progr.
1843 **Wenig**, J. B., chrestomathia syriaca c. apparatu grammatico. gr.-8. Oeniponte 1866. Hlwd. (7¼ M.)
1844 **Wetzstein**, J. G., Reisebericht über Hauran und die Trachonen, n. e. Anh. üb. die sabäischen Denkmäler in Ostsyrien. M. Karte u. Tfl. Berlin 1806. Pp. (3 M.)

Arabisch.

1845 **Abdollatiphi** compendium memorabilium Aegypti, arabice. E cod. ms. ed. J. White. Tub. 1789. Pp. 157 pp.
1846 **Abu 'l-Mahasin Jbn Tagri Bardii** Annales, arabice. Edd. Juynboll et Matthes. Vol. I., prs. I. Lugd. B. 1852. Hlwd.
1847 **Abu-Mohammed Assaleh**, historia dos soberanos mohametanos, escr. em arabe e trad., e annotada por J. de Santo Ant. Moura. Lisboa 1828. Ldr. 454 pp.
1848 **Abulfedae** historia Anteislamica arabice, e duobus codd. ed., versione lat., notis et indicibus auxit H. O. Fleischer. 4. Lips. 1831. Hlwd. (9 M.)
1849 **Abulfedae Ismaelis**, principis Hamah, Chorasmiae et Mawaralnahrae, h. e. regionum extra fluvium Oxum descriptio. Arabice et lat. 4. Lond. 1650. Pp. 75 pp.
1850 **Acta** apostolorum arabice, ed. Callenberg. Halae 1742.
1851 **Al-Harîrî's** Durrat-al-Gawwâs. Hrsg. v. H. Thorbecke. Lpz., Drugulin, 1871. (18 M.)
1852 **L'Alcoran** de Mahomet. Trad. de l'arabe p. A. du Ryer. 2 tom. en 1 vol. Amst. 1734. Ldr.
1853 **Ali Ben Abi Taleb** sententiae arab. et persice, e cod. ed. Stickel. 4. Jenae 1834. Cart.
1854 **Ali's** 100 Sprüche arab. u. pers. paraphrasirt v. Reschideddin Watwat, hrsg. u. übers. v. M. H. L. Fleischer. 4. Lpz. 1837. Hlwd. (5 M.)
1855 **Almakrizi**, Takieddin, tractatus de legalibus Arabum ponderibus et mensuris arabice, ed. O. G. Tychsen. Rost. 1800. Ldr. 100 pp.
1856 **Apetz**, H., descriptio terrae Malabar, ex arab. Ebn Batutae itinerario ed., interpretat. ed. annotat. instructa. 4. Jenae 1819. Pp. 24 pp.
1857 **Arnold**, Fr. A., chrestomathia arabica, quam e libris rarioribus ed. 2 ptes. Lex.-8. Halis 1853. Hlwd. (15 M.)
1858 **Arvieux**, d. Sitten d. Beduinen-Araber. A. d. Franz. m. Anmerk. v. E. Fr. K. Rosenmüller. Lpz. 1789. Hldr. 256 S.
1859 **Arzneibuch.** In arab. Sprache. Marseille. Hfz.
1860 **Auszug** aus d. Bibel. Arabisch. Alsina 1816. Pp.
1861 **Barb**, H. A., d. System der Hamze-Orthographie in d. arab. Schrift. Wien 1860.
1862 — üb. d. Zeichen Hamze u. die damit verbundenen Buchstaben Elif, Waw u. Ja der arab. Schrift. Wien 1858. Pp.

1863 **Berggren**, guide français-arabe vulgaire des voyageurs et des Francs en Syrie et en Egypte. 4. Upsal. 1844. (45 M.)

1864 **de Biberstein Kazimirski**, dictionnaire arabe-français cont. toutes les racines de la langue arabe leurs dérivés, tant dans l'idiome vulgaire que dans l'idiome littéral, ainsi que les dialectes d'Alger et de Maroc. 2 tom. 4. Paris 1860. In 4 Hlwdbdn.

1865 **a Bohlen**, P., carmen arabicum Amâli dictum, breve religionis Islamiticae systema complectens. 4. Regim. 1825. Cart.

1866 **Burckhardt**, J. L., arab. Sprachlehre. Arab. u. deutsch, m. Erläutgn. Weimar 1834. Hlwd. ($6^3/_4$ M.)

1867 **Caabi Ben-Sohair**, carmen in laudem Muhammedis dictum, arab. et lat., adnotat. illustr. ed. G. W. Freytag. 4. Halae 1823. Hlwd. 106 pp.

1868 **Cadri**, la langue arabe et la langue franç., mises a la portée des Européens et de la jeunesse égyptienne. Tome I, II et suppl. à la III. partie. Caire 1862.

1869 **Caspari**, C. P., grammatica arabica. Acc. brevis chrestomathia. gr.-8. Lps. 1848. Hldr. (6 M.)

1870 — Grammatik d. arab. Sprache. 3. Aufl. gr.-8. Lpz. 1866. Hlwd. (9 M.)

1871 — grammar of the Arabic language, translat. from the German by W. Wright. Vol. I. Lpz. 1859. Pp.

1872 **Cebetis** tabula gr., arab., lat., auctore J. Elichmanno. 4. Lugd. B. 1640. Pp.

1873 **Corani** textus arabicus, ad fidem librorum manuscr. et impressorum rec. indicesque add. G. Flügel. 4. Lips. 1834. Pp. (20 M.)

1874 **Coranus** arabice. Recensionis Flügelianae textum recogn. iterum exprimi curavit G. M. Redslob. Ed. ster. gr.-8. Lips. 1837. Hlwd. (15 M.)

1875 **Dieterici**, Fr., Mutanabbi u. Seifuddaula aus d. Edelperle d. Tsaâlibi nach Gothaer u. Pariser Hdschr. dargest. Lpz. 1847. Hlwd. (4 M.)

1876 **Documentos** arabicos para a historia portugueza copiados dos originaes da Torre do Tombo e vertidos em portuguez por J. de Sousa. Arab. et portug. 4. Lisboa 1790. Ldr. 190 pp.

1877 **de Dombay**, grammatica linguae mauro-arabicae. 4. Vindob. 1800. Hlwd. 136 pp.

1878 **Dozy**, R. P. A., notices sur quelques manuscrits arabes. En arabe. gr.-8. Leyde 1851. Hlwd. ($5^1/_5$ M.)

1879 **Dschezíret-al-Arab**. Abriss einer arab. Geographie. Autographie. — Dijârû Mizra. Abriss e. Beschreib. Aegyptens. fol. 14 Bll.

1880 **Ebn Medini** sententiae quaedam arabicae, arab. et lat. ed. Dombay. Vindob. 1805.

1881 **Engelmann**, W. H., glossaire des mots espagnols et portugais dérivés de l'arabe. Leyde 1861. Pp.

1882 Die **Enthüllung** d. Geheimnisse der Vögel u. Blumen, (Vogel- u. Blumensprache). Arabisch. Cairo 1275 d. H.

1883 **Epistolae** quaedam arabicae a Mauris, Aegyptiis et Syris conscriptae, c. interpr. lat. et glossar. ed. Habicht. 4. Vratisl. 1824. Hlwd.

1884 **Erpenius**, Th., grammatica arabica dicta Gjarumia. 4. Leidae 1617. Hlwd. 159 pp.

1885 — selecta quaedam ex sententiis proverbiisque arabicis, c. vers. lat. ed. E. Scheid. 4. Hard. 1775. Pp.

1886 **Ewald**, G. H. A., grammatica critica linguae arab. c. brevi metrorum doctrina. 2 voll. C. tab. lith. gr.-8. Lps. 1831/33. In 1 Hlwdbde. ($13^1/_2$ M.)

1887 — de metris carminum arabicorum libri II. Brunsv. 1825.

1888 De **Fatis** linguarum orientalium arabicae nimirum, persicae, et turcicae commentatio. fol. Viennae 1780. Pp. 164 pp.

1889 **Fettâhi** (aus Nis'âbûr), d. Schlafgemach d. Phantasie. 1. Kap. Vom Glauben u. Islam. M. Benutz. d. türk. Commentars v. Surûri übers. u. m. Anmerk. v. H. Ethé. gr.-8. Lpz. 1868. (6 M.)

1890 **Flügel**, die grammat. Schulen der Araber. I. Abthl.: Die Schulen von Basra u. Kufa u. die gemischten Schulen. Lpz. 1862. ($6^2/_5$ M.)

1891 **Fren, Chr.**, Numismatik, arab. Kasan 1808. Pp.

1892 **Freytag**, G. W., Einleitung in d. Studium d. arab. Sprache bis Mohammed. Bonn 1861. Hlwd. (10 M.)
1893 — lexicon arab.-latinum. 4 voll. 4. Halis S. 1830/37. Hjuchtbde. Schönes Exemplar.
1894 **Fulah Pieces**, three original, in Arab. letters, in Lat. transcr. and in Engl. transl. by Reichardt. Berl. 1859. Pp. 62 pp.
1895 **Golii, J.**, lexicon arab.-latinum. fol. Lugd. B. 1653. Schwldr.
1896 **Gorguos, A.**, cours d'arabe vulgaire. 2 pties. Paris 1849/50. Hlwd. u. br.
1897 **Göschl**, kurze Grammatik d. arab. Sprache mit e. Chrestomathie. gr.-8. Wien 1864. Hlwd. (3⅗ M.)
1898 **Grammatik** der arab. Sprache. Regensb. 1854. Pp. 161 Seiten.
1899 **Grotius, H.**, de N. Test. auctoritate, ab E. Pocokio in linguam arab. transl. 12. Halae 1733. Pp.
1900 **Habicht**, Chr. M., Meidanii aliquot proverbia arabica, diss. 4. Vratisl. 1826. Pp.
1901 **v. Hammer**, J., morgenländ. Kleeblatt, bestehend aus pars. Hymen, arab. Elegien, türk. Eklogen. Deutsch. M. Kpfrn. 4. Wien 1819. Hlwd. 104 S.
1902 **Henning**, H., Muhammedanus precans, id est, liber precationum Muhammedicarum arabicus manuscriptus, in ill. biblioth. Gottorp. inventus: lat. nunc donatus et notis illust., typisque mand. et in lucem editus. Sleswigae 1666. Ldr. Titel ausgebessert.
1903 **Hermes'** Trismegistus an d. menschl. Seele. Arab. u. deutsch v. H. L. Fleischer. 4. Lpz. 1870. (2 M.)
1904 **Hezel**, Anweisung z. arab. Sprache. 2 Thle. Lpz. 1784/85. Cart.
1905 **Hirt**, J. F., institutt. arab. linguae, adj. est chrestomathia arab. Jenae 1770. Ldr.
1906 **Historia** decem vezirorum et filii regis Azad Bacht, arab. ed. Knös. Gött. 1807. Pp. 114 pp.
1907 **Jahn**, J., arab. Sprachlehre. Wien 1796. 284 Seiten. — **Wetzel**, hebr Sprachlehre. Berl. 1796. 192 Seiten. In 1 Ppbd.
1908 **Ibn-Adhari**, histoire de l'Afrique et de l'Espagne, et fragments de la chronique d'Arib (de Cordoue), en arabe, publ. p. Dozy. 2 vols. Leyde 1849/51. Hlwd.
1909 **Ibn Akîl's** Commentar zur Alfijja des Ibn Mâlik. A. d. Arab. übers. v. Dieterici. Berl. 1852. Hlwd. (12 M.)
1910 **Ibn-Mâlik**, Alfijjah carmen didacticum grammaticum et in Alfijjam commentarius quem conscripsit Ibn-Akil. Ex libris impr. orient. et mscr. ed. Fr. Dieterici. 4. Lips. 1851. Hlwd. (18 M.)
1911 De **Initiis** et originibus religionum in Oriente dispersarum, arab. et lat. E cod. mscr. ed. Bernstein. 4. Berol. 1817. Pp.
1912 **S. Johannis** apostoli epistolae catholicae tres, arab. et lat., c. vers. lat. Cura **Nisselii** et Petraei. 4. Lugd. B. 1654. Pp.
1913 **Isagoge** in linguam arabicam. s. l. 1678. — **Cellari** chaldaismus. Cizae 1685. 4. In 1 Ppbd.
1914 **Ismaël Abou 'l Fédâ**, geographie, en arabe. Publ. p. Schier, édition autographe. I. livr. fol. Dresde 1841.
1915 **Kalender**, arabischer. Bulak 1249 d. H. 37 Bll.
1916 **Kall**, fundamenta linguae arabicae. 4. Hafniae 1760. Cart.
1917 **Kâmûs**. Le Camous, dictionnaire arabe, expliqué en turc, par Acim Effendi. 3 vols. fol. Constantinople 1229/32 (1814/17). Hfrz. Schönes Explr.
1918 **Kasideh**, die himjarische. Arab. u. deutsch v. A. v. Kremer. gr.-8. Lpz. 1865. Pp. (2 M.)
1919 **Kitab al-Fihrist**. M. Anmerkgn. hrsg. v. G. Flügel, nach dessen Tode besorgt v. J. Roediger u. A. Müller. 2 Bde. 4. Lpz. 1871/72. (84 M.) Wie neu.
1920 **Klänge** aus Osten, enth. 9 Makamen d. Hamadani. A. d. Arab. u. Pers. v. E. Amthor. Lpz. 1841. Hlwd. (3¾ M.)
1921 Der **Koran**. A. d. Arab. m. Anmerk. v. L. Ullmann. Bielef. 1857. Hlwd. (2 M.)
1922 **Kosegarten**, J. G. L., chrestomathia arabica annotat. explanata. gr.-8. Lps. 1828. Pp. 552 pp.

1923 **Kosegarten**, grammatica arabica. Paginae 1—688. Hlwd.
1924 **Krehl**, üb. d. Religion d. vorislamischen Araber. Lpz. 1863. 92 Seiten.
1925 **v. Kremer**, üb. die südarabische Sage. Lpz. 1866. Pp.
1926 **Krüger**, J. Chr., de nominibus et cognominibus Dei nonnullis arabicis commentatio. 4. Lps. 1759. Cart. 24 pp.
1927 **Lane**, E. W., Arabic-English lexicon. Book I. in 3 parts. fol. London 1863/67. Lwd. Schönes Explr.
1928 **Lehrgedicht**, ein philos., in arab. Sprache. Bulak 1241 d. H.
1929 **Lepsius**, R., üb. die arab. Sprachlaute u. deren Umschrift. 4. Berl. 1861. Pp. (2 M.)
1930 **Locmani** fabulae arab., annotat. crit. et gloss. expl. Roedigero. 4. Halis Sax. 1830. Hlwd.
1931 — fables, édition arabe. av. une trad. franç. et un vocab. arabe-franç. p. Schier. 4. Dresde 1831. Cart.
1932 — fables, en arabe et en franç. p. L. et H. Hélot. Paris 1847. Hlwd. 102 pp.
1933 **Loth**, O., d. Classenbuch des Ibn Sa'd. Lpz. 1869. Diss.
1934 **Lucae**, evangelistae, narratio de Christi in vitam reditu. Arabisch. o. O. u. J.
1935 **(Marcel)**, exercices de lecture d' arabe littéral. 4. Alexandrie, an VI. Cart. 12 pp.
1936 **Melicoccà**, A., gramatichetta arabo-italiana. 4. Roma 1865. Hlwd. 175 pp.
1937 **Metn-ul Adschrumia.** (Text d. kl. arab. Grammatik Adschrumia.) Bulak 1830.
1938 **Michaelis**, Chr. B., de historia linguae arabicae. 4. Halae Magd. 1706. Cart. 40 pp.
1939 **Michaelis**, J. D., arab. Grammatik. 2. Ausg. Gött. 1781. Pp.
1940 **v. Minutoli**, Verzeichniss von Wörtern der Siwahsprache. M. Facs. 4. Berl. 1827. Pp.
1941 **Mistâh** el Khazâ in we Misbâh el-dafain. Eröffnung der Schätze u. Leuchte der verborgenen Oerter. Arabisch. ohne Titel u. Druckort. 81 Seiten. (Christl. Missionsschrift.)
1942 **Mo'allakat**, septem carmina antiquissima Arabum. Textum ad fidem optimorum codd. et editt. rec., annotat. crit. adj. Arnold. 4. Lips. 1850. Hlwd. (15 M.)
1943 **de Mora**, J. J., cuadros de la historia de los Arabes desde Mahoma hasta la conquista de Granada. 2 voll. Londres 1826.
1944 **Mouhammad Ayyad El-Tantavy**, Scheikh, traité de la langue arabe vulgaire. gr.-8. Lps. 1848. Lwd. (6 M.)
1945 **Müller**, A., Imrvvlkaisi Mv'allaka. Halis 1869. 31 pp.
1946 **Nacht**, 1001. Arabisch, nach e. Hdschr. aus Tunis hrsg. v. Hammer. 9., 10., 12. Bd. 12. Bresl. 1842. Hlwd.
1947 **Nasifi Al-Jazigi** Berytens. epistola crit. ad de Sacyum, annotat. illustr. A. F. Mehren. Arab. et lat. Lps. 1848. Hlwd. (4 M.)
1948 **Niebuhr**, C., Beschreib. v. Arabien. M. Kpfrn. u. Karten. 4. Kopenh. 1772. Hldr. 431 S. Enth. auch einiges üb. d. Sprache d. Araber.
1949 **Paić**, M., Pasigraphie mittels arabischer Zahlzeichen. Semlin 1859. 36 S.
1950 **Pauli** epistola ad Galatas, arab. et lat. Adj. est compendium grammatices arabicae, authore Rutghero Spey. 4. Hdlbg. 1583. Hldr. Durchschossen. Etwas fleckig.
1951 **Paulus**, H. E. G., compendium grammaticae arabicae ad indolem linguarum orientalium. Jenae 1790. Pp. 114 pp.
1952 **Petermann**, J. H., brevis linguae arabicae grammatica, literatura, chrestomathia c. glossar. Berol. 1840. Hlwd. ($4^1/_{10}$ M.)
1953 **Plejaden**, d. hellstrahlenden, am arab. poët. Himmel od. d. 7 am Tempel zu Mekka aufgehangenen arab. Gedichte. Uebers. u. erläut. v. A. Th. Hartmann. Münster 1802. Cart. 216 S.
1954 **Robinson Kruse**, arab. 12. Malta 1840. Pp.
1955 **Roediger**, A., commentatio, qua opinio de interpretat. arabica librorum V. T. historicorum refutatur. 4. Halis Sax. 1828. Cart. 17 pp.

1956 **Roediger**, A., Versuch über die Himjarit. Schriftmonumente. Halle 1841. cart.
1957 **Rommel**, Chr., Abulfedae Arabiae descriptio commentario perpetuo illustr. 4. Gött. 1802. Hlwd.
1958 **Rosenmüller**, E. Fr. K., arab. Elementar- u. Lesebuch. M. e. vollst. Wortreg. Lpz. 1799. Hldr. 397 pp.
1959 — analecta arabica. Arab. et lat. 3 partes in 1 vol. Lips. 1825/28. kl.-4. Hlwd. (M. 10. 50.)
1960 — üb. einen arab. Roman des Hariri. Lpz. 1801. Cart. 40 Seiten.
1961 **Sabbach**, M., la colombe, messagère plus rapide que l'eclair, en arabe et en franç. p. S. de Sacy. Paris 1805. Hlwd.
1962 **Samachscharii** lexicon arabicum persicum ex codd. mscr. ed. atque indicem arabicum adj. J. G. Wetzstein. 4. Lips. 1850. Lwd. (27 M.)
1963 **Sarkis**, S. and L., Arabic and English vocabulary and phrases. Hlwd. 120 pp.
1964 **Scheid**, J., glossarium arab.-latin. manuale. 4. Lugd. B. 1769. Pp. Etw. wasserfl. M. handschr. Nachträgen.
1965 — id. liber. Ed. II. 4. Lugd. Bat. 1787. Hlwd. 286 pp.
1966 **Schieferdecker**, J. D., nucleus institutionum arabicarum. Acc. grammatica turcica. Lps. 1695. Pgt. 332 pp. Unbed. wasserfl.
1967 **de Schnurrer**, bibliotheca arabica. gr.-8. Halae Sax. 1811. Lwd.
1968 — de Pentateucho arabico polyglotto disputatio. 4. Tüb. 1780. Pp. Etwas fleckig.
1969 **Schultens**, anthologia sententiarum arabicarum, arab. et lat. 4. Lugd. B. 1772. Hlwd. 171 pp.
1970 **Schwarzlose**, Fr. G., de linguae arabicae verborum plurilitterorum derivatione. Diss. Berol. 1854. Cart. 31 pp.
1971 **Seifarth**, H., arab.-deutsch-franz. Taschenwörterb. 12. Grimma 1849. Pp.
1972 **Sennert**, arabismus, h. e. praecepta arabicae linguae in harmoniâ ad ebraea, eademque universalia nec non chaldaeo-syro conscr. 4. Witteb. 1658.
1973 — introductio brevis ad linguae arabicae rectam lectionem. 4. s. l. 1650.
1974 **Silvestre de Sacy**, sa bibliothèque. 3 vols. Paris 1842/47. Hldr.
1975 **Socin**, d. Gedichte d. Alkama Alfahl. M. Anmerk. Lpz. 1867. ($2^2/_5$ M.)
1976 **Sohrir**, arabische Grammatik mit Commentar. Bulak. . Hldr.
1977 **de Sousa**, João, vestigios da lingoa arabica em Portugal. ou lexicon etymolog. das palavras, e nomes portuguezes, que tem origem arabica. Augment. p. Joze de Santo Ant. Moura. Lisboa 1830. Ldr.
1978 **Soussa**, B., nuovo metodo per imparare a parlare l'arabo volgare in pochissimo tempo. Alessandria 1865. Hlwd. 128 pp.
1979 **Steinschneider**, M., Al-Farabi des arab. Philosophen Leben u. Schriften. 4. St. Petersb. 1869. (7 M.)
1980 **Szafieddini** Hellensis ad sulthanum Elmelik Eszszaleh Schemseddin Abulmekarem Ortokidam carmen arab. ed. interpretat. lat. et german. annotat. illustr. G. H. Bernstein. gr.-fol. Lps. 1816. Cart. (7½ M.)
1981 **Thomas a Kempis**, Nachfolge Christi. In's Arab. übers. v. e. Carmeliter. O. O. u. J. Pp.
1982 — de Christo imitando liber II. in arabicum sermonem versus a P. F. Coelestino. Halae 1738. Pp. 58 pp.
1983 **Thomae** a Nouaria Ord. Min. thesaurus arab.-syro-lat. Romae, Congr. de propag. fide, 1636. Prgmt.
1984 **Tograi**, lamiato'l Ajam, carmen arab. c. vers. lat. ed. Pocock. Acc. tract. de prosodia arabica. Oxonii 1661. Hldr. 233 pp.
1985 — poema, arab. et lat., ed. H. van der Sloot. 4. Franequerae 1769. Hlwd.
1986 **Tuch**, Reise des Sheikh Ibrahim el-Khijâri el-Medeni durch e. Theil Palästina's. Arab. u. deutsch. 4. Lpz. 1850. Cart.
1987 **Tychsen**, elementale arabicum. 2 prts. Rost. 1792. In 1 Ppbd.
1988 — Grammatik d. arab. Schriftsprache. Gött. 1823. Hfrz. 303 Seiten.
1989 **Volney**, C. F., simplification des langues orientales ou méthode nouvelle et facile d'apprendre les langues arabe, persane et turque. Paris, an III. Pp. 136 pp.

www.ingramcontent.com/pod-product-compliance
Ingram Content Group UK Ltd.
Pitfield, Milton Keynes, MK11 3LW, UK
UKHW020323220726
13923UKWH00003B/1334

9 782019 305413